Valenciennes 5 mars 88.

99P

COLLECTIONS

MAILLARD-LASNE ET MICHEL MAILLARD

DE VALENCIENNES

OBJETS D'ART

DE

Curiosité et d'Ameublement

TABLEAUX

M. CARPENTIER
COMMISSAIRE-PRISEUR
Passage Bocq, à Valenciennes.

M. A. BLOCHE
EXPERT
Rue Chauchat, 25, à Paris.

CATALOGUE

DES

OBJETS D'ART

Et de Haute Curiosité

DES XVIe, XVIIe ET XVIIIe SIÈCLES

Faïences, Porcelaines, Cuivres, Fers ouvrés, Étains, Armes
Remarquable Tête de saint Jean, en marbre, de Michel-Ange
Grands Christs, en ivoire, du XVe siècle; Autre de Bouchardon
Sculptures sur ivoire, Buis, Marbre et Terre cuite

Belle Argenterie, Précieux Bijoux Renaissance

Boîtes, Étuis, Éventails, Couteaux

COLLECTION DE JOLIES MONTRES

En or émaillé, ciselé et repoussé, du XVIIIe siècle
Belles Miniatures, Émaux de Limoges et autres

BRONZES D'ART & D'AMEUBLEMENT

Groupes, Hauts-reliefs, Pendules, Chenets, Appliques

TABLEAUX ANCIENS & MODERNES

DES ÉCOLES FRANÇAISE, FLAMANDE ET HOLLANDAISE

Gouaches, Gravures, Cadres

Meubles en bois sculpté et autres, ornés de bronze
Belle Commode en marqueterie de Boule
Tableaux en tapisserie et en broderie

Formant les importantes Collections

MAILLARD-LASNE & MICHEL MAILLARD

ET DONT LA VENTE AURA LIEU

Par suite de décès

Les Lundi 5, Mardi 6, Mercredi 7, Jeudi 8, Vendredi 9
Samedi 10, Lundi 12 Mars 1888, et jours suivants

A VALENCIENNES, passage Boca, salle n° 4

A 2 HEURES DE L'APRÈS-MIDI ET A 8 HEURES DU SOIR

Me CARPENTIER	M. A. BLOCHE
COMMISSAIRE-PRISEUR	EXPERT
Passage Boca, à Valenciennes	23, rue Chauchat, à Paris

EXPOSITIONS

PARTICULIÈRES	PUBLIQUES
Les Jeudi 1er et Vendredi 2 Mars	*Les Samedi 3 et Dimanche 4 Mars*

DE UNE HEURE A CINQ HEURES

Le présent Catalogue se distribue :

A Valenciennes :	A Paris :
Chez **Me CARPENTIER**	Chez **M. A. BLOCHE**
COMMISSAIRE-PRISEUR	EXPERT
Passage Boca	23, rue Chauchat, 23

A Londres, chez M. DONALDSON, 106, New Bond Street.
— chez M. E. JOSEPH, 158, New Bond Street.
A Amsterdam, chez M. BOASBERG, Kalverstraat.
A Rome, chez M. PIATELLI, 31, Via Funari.
A Francfort-s.-M., chez MM. LOEWENSTEIN frères, 4, Kaizerstrasse.

CONDITIONS DE LA VENTE

Elle se fera expressément au comptant. Les acquéreurs payeront dix pour cent en sus du prix d'adjudication.

L'expert chargé de la vente se réserve le droit de réunir ou de diviser les lots.

⁂

Les expositions mettant le public à même de se rendre compte de l'état et de la nature des objets, aucune réclamation ne sera admise une fois l'adjudication prononcée.

⁂

En cas de contestation sur une enchère, l'objet sera remis en vente immédiatement.

⁂

Nota. — Pour toute acquisition ou tout renseignement, s'adresser à **M. A. Bloche**, expert, 23, rue Chauchat, à Paris. (A partir du 4 mars, Hôtel du Commerce, à Valenciennes.)

Paris. — Imp. de l'Art. E. MÉNARD et Cie, 41, rue de la Victoire.

ORDRE DES VACATIONS

Lundi 5 Mars, à 2 h.	Faïences italiennes, françaises et Delft, Grès.
— à 8 h.	Miniatures, Boites, Étuis, Objets de vitrine.
Mardi 6 Mars, à 2 h.	Objets de haute curiosité, Bijoux Renaissance, Cuivres repoussés, Bronzes d'art, Buis, Émaux.
— à 8 h.	Montres, Bijoux anciens, Argenterie.
Mercredi 7 Mars, à 2 h.	Porcelaines, Biscuits.
— à 8 h.	Montres, Bijoux, Miniatures.
Jeudi 8 Mars, à 2 h.	Ivoires, Armes, Bois sculptés, Argenterie.
— à 8 h.	Montres, Bijoux, Argenterie.
Vendredi 9 Mars, à 2 h.	Sculptures, Bronzes décoratifs et d'ameublement, Meubles, Glaces, Tapisseries, Cuivres.
— à 8 h.	Tableaux.
Samedi 10 Mars, à 2 h.	Montres, Bijoux, Objets de vitrine. Argenterie.
— à 8 h.	Suite des Montres, Bijoux et Argenterie.
Lundi 12 Mars, à 2 h.	Cuivres, Verrerie, Étains, Bijoux, Curiosités diverses.
— à 8 h.	Suite et fin.

DÉSIGNATION

TABLEAUX

Anciens et modernes

DES

DIFFÉRENTES ÉCOLES

ARTOIS

(VAN)

1 — *Paysage avec rochers, animé de petits personnages.*

Bois. Haut., 22 cent.; larg., 28 cent

ANTAUME

2 — *Paysage avec cours d'eau, animé de figures.*

Bois. Haut., 24 cent.; larg., 28 cent.

BLARENBERGHE

(VAN)

3 — *Vues de ville, au bord de la mer.*

Animées de très nombreux personnages occupés à débarquer du poisson, à amarrer des bateaux, à ranger des ballots ou causant par groupes.

Deux œuvres d'une finesse remarquable.

Bois. Haut., 15 cent.; larg., 20 cent.

BOURGUIGNON

4 — *Batailles : Chocs de cavalerie.*

Deux très beaux tableaux.

Toile. Haut., 60 cent.; larg., 75 cent.

BRAUWER

5 — *Fumeurs et buveurs attablés dans un cabaret.*

Joli tableau.

Bois. Haut., 35 cent.; larg., 26 cent.

BRAUWER

6 — *Intérieur de cabaret.*

Un jeune fumeur, renversé sur un escabeau, s'accoude sur une table ; près de lui, un buveur s'est endormi ; au fond, arrive le cabaretier.

Bois. Haut., 30 cent.; larg , 21 cent.

BREUGHEL

7 — *Joli paysage boisé.*

Vue de village, route sillonnée de voitures et animée de figures.

Bois. Haut., 40 cent.; larg., 58 cent.

BREUGHEL

8 — *Intérieur de cabaret.*

De nombreux personnages sont assis regardant des jeunes gens et des ribaudes qui dansent. Les uns rient des plaisanteries auxquelles se livrent les autres.

Bois. Haut., 40 cent.; larg., 50 cent.

CHONÉ

9 — *Étalage de légumes dans un intérieur de cuisine.*

Bois. Haut., 38 cent.; larg., 53 cent.

COROT

10 — *Paysage avec rivière, figures et animaux.*

Toile. Haut., 35 cent.; larg., 44 cent.

COROT

11 — *Vue de Rome.*

Esquisse. Première manière du maître.

Toile. Haut., 23 cent.; larg., 34 cent.

COURBET

12 — *Une Rue à Ornans, animée de personnages.*

Effet d'hiver.

Toile. Haut., 52 cent.; larg., 60 cent.

DEVERIA

13 — *Le Rendez-vous de chasse.*

14 — *La Halte à la fontaine.*

Deux pendants.

Bois. Haut., 32 cent.; larg., 45 cent.

DONCKER

(H.)

15 — *Le Jugement de Pâris.*

Signé à droite et daté 1643.

Bois. Haut., 20 cent.; larg., 30 cent.

DUSART

(CORNEILLE)

16 — *Le Retour du marché.*

Scène d'intérieur flamand.

Dans une grande salle où est réunie toute une famille, une marchande de légumes apporte les provisions.

Joli tableau.

Bois. Haut., 35 cent.; larg., 25 cent.

FRAGONARD

17 — *Le Sommeil des Nymphes.*

Au milieu d'un parc, et se croyant bien à l'abri de tous regards indiscrets, quatre nymphes, gracieusement groupées, semblent abandonnées au plus profond sommeil ; mais l'Amour, toujours lutin, vient les visiter et les éclairer avec des torches. Deux faunes en profitent pour se réjouir les yeux du séduisant tableau que l'Amour leur éclaire.

Œuvre des plus charmantes.

Bois. Haut., 30 cent.; larg., 22 cent.

FRANCK

18 — *Hérodiade.*

Cuivre. Haut., 17 cent.; larg., 12 cent.

FRANCK

19 — *Sainte Catherine couronnée par l'archange.*

Cadre ancien sculpté et doré.

Cuivre. Haut., 33 cent.; larg., 25 cent.

FRANCK

20 — *Sainte Véronique.*

21 — *Saint Jean.*

Deux pendants.
Peintures sur cuivre.

Haut., 17 cent.; larg., 13 cent.

FRANCK

22 — *La Nativité.*

Cuivre. Haut., 22 cent.; larg., 16 cent.

FRANCK

23 — *La Sorcière.*

Dans une grande salle, se pressent une foule de diables, de démons autour de gens malades et inquiets, de toutes conditions. La sorcière, consultant les oracles, prédit l'avenir ou opère des miracles.

Cadre ancien en bois sculpté.

Bois. Haut., 38 cent.; larg., 53 cent.

GOSSAERT

(JEAN) dit de Mabuse.

24 — *Le Christ en croix et les deux larrons.*

La Vierge Marie, Salomé et saint Jean sont là, éplorés, au pied de la croix. On voit s'éloigner, par une route qui conduit à la ville, en perspective, des cavaliers et d'autres hommes armés.

Composition de nombreuses figures.

Provient de la collection de M. le duc de Croy.

Bois. Haut., 1 m. 20 cent.; larg., 1 m. 26 cent.

GOSSAERT

(JEAN) dit de Mabuse.

25 — *La Vierge et l'Enfant Jésus.*

Très beau tableau.
Cadre Louis XIV en bois sculpté et doré.
Bois, forme cintrée dans le haut.

Haut., 60 cent.; larg., 48 cent.

HAGEMANN

26 — *Troupeau de chèvres, sous bois.*

Bois. Haut., 11 cent.; larg., 18 cent.

HAGEMANN

27 — *Chevaux de trait et troupeau de moutons sur une route de village.*

Bois. Haut., 11 cent.; larg., 18 cent.

HARPIGNIES

28 — *Paysage mouvementé.*

Toile. Haut., 30 cent.; larg., 48 cent.

HARPIGNIES

29 — *Partie haute de forêt.*

Bois ovale.

Haut., 22 cent.; larg., 20 cent.

HARPIGNIES

30 — *Paysage avec figures et animaux.*

Aquarelle.

Haut., 11 cent.; larg., 20 cent.

HARPIGNIES

31 — *Les Fortifications d'une des portes de Valenciennes.*

Esquisse.

Toile. Haut., 40 cent.; larg., 70 cent.

HÉGIS

32 — *Tête de vieillard.*

Toile. Haut., 40 cent.; larg., 27 cent.

HONDEKOETER

33 — *Volatiles de toutes espèces dans une basse-cour.*

Toile. Haut., 80 cent.; larg., 1 m. 25 cent.

HOREMANS

34 — *La Dime.*

Composition de neuf personnages dans une grande salle remplie d'objets d'art de toutes sortes.

Toile. Haut., 75 cent.; larg., 75 cent.

HOUSEZ

35 — *La Grotte des nymphes.*

Toile. Haut., 54 cent.; larg., 64 cent.

JEAURAT

36 — *Portrait de jeune homme.*

Bois. Haut., 15 cent.; larg., 12 cent.

LENAIN

37 — *Le Mangeur de raisins.*

Toile. Haut., 53 cent.; larg., 42 cent.

LESUEUR

38 — *La Nativité.*

Jolie composition bien conservée; tonalité agréable.

Provient de la vente Couvreur.

Bois. Haut., 50 cent.; larg., 35 cent.

LE CHEVALIER MALTAIS

39 — *Plat de fruits, verre à vin du Rhin.*

Sur une table recouverte d'un tapis rouge.

Bois. Haut., 38 cent.; larg., 51 cent.

LE CHEVALIER MALTAIS

40 — *Coupes et plats chargés de fruits.*

Verres de Venise et autres natures mortes.

Bois. Haut., 52 cent.; larg., 72 cent.

MOLENAER

(JEAN)

41 — *Intérieur de cabaret.*

Un vieillard et sa femme regardent des jeunes gens et des jeunes femmes se prodiguant des caresses; par une porte ouverte, au fond, un autre personnage les observe.

Bois. Haut., 40 cent.; larg., 35 cent.

MOLENAER

42 — *La Cuisinière.*

Dans un grand cellier construit en charpente sont entassés des chaudrons, des baquets, des cruches, des barils. La ménagère pompe à force pour emplir un baquet d'eau.

Cadre ancien en bois sculpté.

Bois. Haut., 65 cent.; larg., 90 cent.

MONNOYER

(JEAN-BAPTISTE)

43 — *Vase de fleurs.*

Toile. Haut., 80 cent.; larg., 90 cent.

MURILLO

(ÉCOLE DE)

44 — *L'Ascension.*

Bois. Haut., 52 cent.; larg., 23 cent.

NETSCHER

45 — *Grande Dame.*

En riche costume, décolletée et coiffée d'un turban. Elle chante, tenant un morceau de musique à la main.

Joli tableau.

Bois. Haut., 32 cent.; larg., 27 cent.

OSTADE

(VAN)

46 — *Famille de paysans se chauffant devant l'âtre.*

Petit tableau sur bois.

Haut., 10 cent.; larg., 10 cent.

POEL

(VAN DER)

47 — *Intérieur de cuisine.*

Bois. Haut., 23 cent.; larg., 18 cent.

PARROCEL

(LE)

48 — *Combat de cavaliers.*

Grand fixé ovale.

Haut., 33 cent.; larg., 40 cent.

PATER

49 — *La Fontaine de Jouvence.*

Une jeune femme, à demi déshabillée, relevant coquettement ses jupes, assise au bord du ruisseau, baigne ses petits pieds. Près d'elle, un élégant gentilhomme, lui tournant le dos, retient dans ses bras une autre jeune femme qui se penche sur son épaule pour voir apparemment les effets merveilleux de l'eau de Jouvence.

Cette scène est représentée au milieu d'un riant paysage.

Tableau des plus gracieux et d'une harmonie de teintes digne d'être signalée.

Bois. Haut., 30 cent.; larg., 38 cent.

PATER

(Attribué à)

50 — *Le Nid.*

Un petit paysan et une petite paysanne sont assis sur un banc de verdure.

Bois. Haut., 34 cent.; larg., 28 cent.

SWEBACH

51 — *Paysage.*

Charmante composition animée de troupeaux de vaches et de moutons, de chevaux et cavaliers, paysannes et enfants, traversant une rivière. A gauche, sur une rive, on voit un château, et, à droite, une chaumière en partie cachée par un bouquet d'arbres.

Bois. Haut., 26 cent.; larg., 38 cent.

TENIERS

52 — *Le Singe apothicaire.*

Sur toile.

Haut., 42 cent.; larg., 55 cent.

WOUWERMANS

(PHILIPPE)

53 — *Le Marché aux chevaux.*

Importante composition de nombreuses figures, de cavaliers, dans un joli paysage avec coteaux en perspective.

Bois. Haut., 47 cent.; larg., 65 cent.

WOUWERMANS

54 — *La Halte à l'auberge.*

Deux cavaliers ont mis pied à terre pour faire boire leurs chevaux à une fontaine qui coule là, à droite. Un troisième cavalier est arrêté un peu plus loin, devant l'auberge ; le cabaretier lui apporte un verre. Au fond, sur la route qui s'étend à l'infini, on voit venir un troupeau, d'autres personnages à cheval et des paysans tenant leurs chiens en laisse. Fonds de paysage montagneux avec perspectives des plus riantes.

Signé à droite, sur la pierre de la fontaine : P. H. W.

Tableau précieux, en bel état de conservation.

Toile. Haut., 65 cent.; larg., 41 cent.

ÉCOLE DU XVe SIÈCLE

55 — *Une Station de la croix.*

Peinture curieuse sur bois.

Haut., 26 cent.; larg., 55 cent.

ÉCOLE DU XVIe SIÈCLE

56 — Petit diptyque représentant *les Scènes du Nouveau Testament.*

Cadre ancien en bois sculpté et doré.

Bois. Haut., 10 cent.; larg., 13 cent.

ÉCOLE FLAMANDE

57 — *Saint en prières.*

Troublé par les amours qui sonnent de la trompette.

Cuivre. Haut., 20 cent.; larg., 25 cent.

ÉCOLE FLAMANDE

58 — *Auberge au bord d'une rivière.*

Au milieu d'un charmant paysage des buveurs sont attablés; effet d'arc-en-ciel.

Cadre ancien en bois sculpté.

Bois. Haut., 27 cent.; larg., 41 cent.

ÉCOLE FLAMANDE

59 — Composition allégorique à une scène de la vie du Christ où il dit :

Laissez venir à moi les petits enfants.

Bois. Haut., 60 cent.; larg., 80 cent.

ÉCOLE FLAMANDE

60 — *Le Fils de la veuve.*

Scène de la vie du Christ.

Composition de nombreuses figures.

Bois. Haut., 1 m. 15 cent.; larg., 90 cent.

ÉCOLE FLAMANDE

(xviie siècle)

61 — *Le Calvaire.*

Importante composition d'une multitude de personnages.

Jolie gouache.

Cadre ancien en bois sculpté et doré.

Haut., 20 cent.; larg., 27 cent.

ÉCOLE FRANÇAISE

62 — *Paysages montagneux avec figures et animaux.*

Deux gouaches se faisant pendants.

Haut., 18 cent.; larg., 25 cent.

ÉCOLE FRANÇAISE

63 — *La Vierge et l'Enfant.*

Toile. Haut., 60 cent.; larg., 50 cent.

ÉCOLE FRANÇAISE

64 — *Portraits de Dames de la Régence en riche costume.*

Deux pendants.

Cadres anciens en bois sculpté.

Toile ovale.

Haut., 40 cent.; larg., 30 cent.

ÉCOLE FRANÇAISE

65 — *La Vierge au pied de la croix.*

Peinture sur glace avec cadre ancien en bois sculpté et doré. Époque Louis XIV.

Hauteur totale, 62 cent.; larg., 52 cent.

ÉCOLE HOLLANDAISE

66 — *Melon, pêches, tulipe.*

Bois. Haut., 65 cent.; larg., 45 cent.

ÉCOLE ITALIENNE

67 — *Sainte Famille.*

La Vierge présente l'Enfant au petit saint Jean.
Composition de huit figures.
Cadre ancien en bois doré.

Toile. Haut., 45 cent.; larg., 37 cent.

ÉCOLE MODERNE

68 — *Paysage montagneux.*

Toile. Haut., 20 cent.; larg., 35 cent.

GRAVURES

ÉCOLE FLAMANDE

69 — Gravures diverses encadrées. (Sera divisé.)

ÉCOLE FRANÇAISE

70 — Gravures en couleur et autres, encadrées. (Sera divisé.)

DÉSIGNATION DES OBJETS

OBJETS D'ART

DE

Haute Curiosité

ET D'AMEUBLEMENT

SCULPTURES

71 — Marbre blanc. *Tête de saint Jean.*

Remarquable par la finesse d'exécution, l'expression donnée à la physionomie et le sentiment de vérité qui se dégage de ce chef-d'œuvre de Michel-Ange ; sauf une légère atteinte au nez, cette précieuse tête de saint Jean est en parfait état de conservation.

Nous appelons tout particulièrement l'attention de MM. les directeurs de musées, amateurs et antiquaires, sur cet objet.

72 — Marbre. Buste de femme vue de profil. Époque Louis XVI. Cadre bois noir.

73 — Cire. Haut-relief polychrome, représentant une allégorie du jugement dernier.

74 — Marbre. Petit temple, style égyptien.

75 à 79 — Pierre de lard. Cinq jolies statuettes : personnages chinois dans des attitudes diverses. (Sera divisé.)

80 — Quatre groupes, sujets de chasse, de Fiquart.

OBJETS DE HAUTE CURIOSITÉ

BIJOUX DE LA RENAISSANCE, BUIS SCULPTÉS

81 — Magnifique croix processionnelle en argent repoussé et partie doré. Travail gothique.

Sur une face est représenté le *Christ en croix*, d'un côté la *Vierge*, de l'autre *Saint Jean en prières*. Dans le bas, un personnage symbolique regardant la croix. Au-dessus du Christ, un aigle, et aux extrémités comme entre ces différents sujets se dessinent des arabesques lobées. L'autre face représente, au milieu, le *Père Éternel sur son trône divin*. De chaque côté et aux extrémités de la croix, des animaux, emblèmes symboliques de la Passion, tenant des banderoles avec inscriptions. Les divers sujets principaux sont abrités sous des clochetons à ogives fleuronnées et partie découpées à jour.

Cette croix processionnelle, intéressante par la composition de son ornementation, recelant le plus beau caractère de l'époque, est aux armes de la ville de Burgos, dont le poinçon se retrouve frappé sur diverses parties. — Haut., 68 cent.; larg., 50 cent.

82 — Précieuse petite cuillère en cristal de roche avec

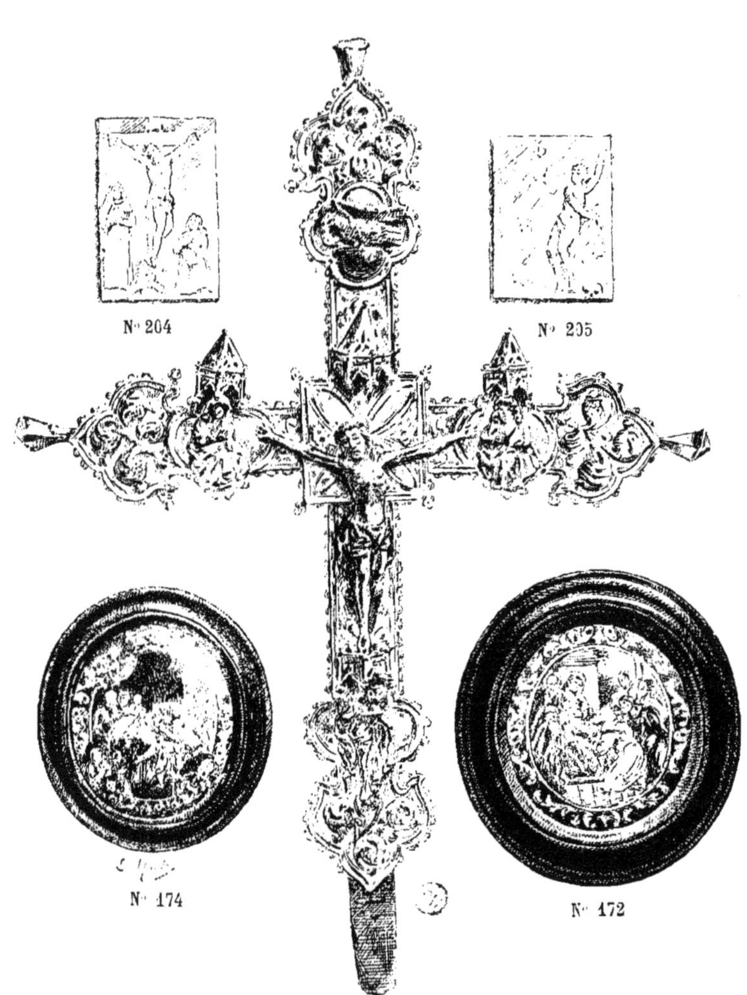

N° 81

manche tout émaillé sur argent, représentant une cariatide de femme surmontée d'ornements à jours, partie à émaux rubis translucides. Travail de la Renaissance en parfait état de conservation.

83 — Petite coupe en agate mamelonée orientale, teinte rouge d'Égypte, avec monture forme pilastre et en base en argent doré, ornée de cariatides de femmes, enrichie de rubis et d'émeraudes. Époque Renaissance.

84 — Très intéressante petite croix en cristal de roche, sur laquelle est monté un *Christ* avec les emblèmes de la Passion, tout en or émaillé, enrichie de chatons en rubis. XVIe siècle.

Ce précieux petit objet est en parfait état de conservation pour la partie d'or et d'émail, un morceau de la croix en cristal de roche seul manque.

85 — Croix d'autel en bois noir avec Christ, bas-relief et rocailles en argent repoussé, ornée de pierreries. Garnie de figurines d'enfants et d'attributs symboliques de la Passion, en bronze doré. Époque Louis XV.

86 — Petit autel portatif en bois d'ébène, formant reliquaire, surmonté d'un crucifix et orné des figures de la *Vierge* et *de saint Jean*, en bronze doré, représentés debout au pied de la croix. Époque Louis XIII.

Provenant de la collection de monseigneur Belmas.

87 — Grand et beau Christ, en bronze, inspiré de Bouchardon.

N° 101 N° 92 N° 99

N° 200 N° 198

88 — Baiser de paix gréco-russe, monté en argent, enrichi de pierreries. xvie siècle.

89 — Baiser de paix gréco-russe, monture en argent repoussé et partie dorée. Époque Louis XV.

90 — Ostensoir en cuivre gravé, ciselé et doré, avec dôme supporté par quatre cariatides. xvie siècle.

91 — Calice en cuivre repoussé, orné de médaillons à figures en argent niellé. xvie siècle.

92 — Jolie pendule à quatre faces, en cuivre gravé, représentant des scènes à personnages avec montants formés de quatre colonnades ciselées, couronnée par une figurine de *Saint Jean*. xvie siècle.

Provenant de la succession Déjazet.

93 — Groupe en bois sculpté : Vierge et Enfant avec costumes ornés de dessins en bas-relief supportés par des chérubins. Monté sur un piétement en cuivre ciselé orné de têtes de chérubins. xvie siècle.

94 — Petit coffret en fer rehaussé de vestiges d'or, décor de figures de saints, monture dorée, serrure compliquée. xvie siècle.

95 — Joli groupe en bronze : *Saint Michel et le dragon*. Socle carré en marbre.

96 — Monture de calice en cuivre repoussé, ciselé et doré, décorée de têtes de chérubins et de figures de saints. xvie siècle.

97 — Belle monture de calice en cuivre ciselé, repoussé et doré, représentant autour du pied des médaillons allégoriques à la vie du Christ, au-dessus, des figures de saints et, autour du gobelet, des archanges. XVIe siècle.

98 — Pied de calice en cuivre ciselé, offrant autour des figures de saints et des fruits; au-dessus, des têtes de chérubins. XVIe siècle.

99 — Groupe en bois sculpté : *Vierge et Enfant Jésus*, rehaussé de vestiges de dorure; la couronne de la Vierge est en argent. XVIe siècle.

100 — Groupe en buis sculpté : *Saint Joseph et l'Enfant Jésus*. XVIe siècle. Socle en bois sculpté et rehaussé de vestiges d'or. Époque Louis XIV.

101 — Joli moutardier en buis finement sculpté, décoré de guirlandes de fruits suspendues à des anneaux, avec groupe de petit saint Jean sur le couvercle. XVIe siècle.

102 — Râpe à tabac en buis sculpté, représentant *les Travaux de l'amour*, avec inscriptions. XVIIe siècle.

103 — Groupe en buis sculpté : *la Sainte Vierge conduisant l'Enfant Jésus par la main*. XVIe siècle.

104 — Groupe en bois sculpté : *la Vierge allaitant l'Enfant Jésus*. Sur socle en bois d'ébène, orné d'une tête de chérubin en argent. XVIIe siècle.

105 à 108 — Quatre moulins à café en buis sculpté, ornés de bas-reliefs. xvie siècle. (Seront vendus séparément.)

109 — Râpe à tabac en buis sculpté, décorée de scènes symboliques à la Passion et de figures de buveurs. xvie siècle.

110 — Deux bustes du Christ et de la Vierge, en bois sculpté. xvie siècle.

111 — Petite figurine en buis sculpté : *Ignace de Loyola*. xvie siècle.

112 — Petit groupe en buis sculpté : *la Sainte Vierge tenant l'Enfant Jésus dans ses bras et posant le pied sur le serpent*. xvie siècle.

113 — Petite poire à poudre en buis sculpté, offrant des figures de buveurs en bas-relief. xvie siècle.

114 — Grosse pipe en buis sculpté, offrant en bas-relief un *Bacchus* et des figures de buveurs. Monture argent. xvie siècle.

115 — Drageoir en buis sculpté, offrant dessus un *char de triomphe ;* dessous, un *lion et des lionceaux*, encadrés d'ornements. Époque Louis XIV.

116 — Couteau et fourchette avec manches, en buis sculpté, à groupes de figures. xvie siècle.

117 — Très joli bénitier, en buis sculpté, offrant en bas-relief un *Martyr les poings liés*, avec encadrement à feuillages enroulés et fronton couronné par une gerbe de fleurs. XVIIe siècle.

118 — Bénitier en buis sculpté, offrant en haut-relief *le Baptême du Christ*, fond à rocaille, et orné sur le devant de têtes de chérubins. Époque Louis XIV.

119 — Petit fronton en bois sculpté, avec niche au fond de laquelle sont représentés en peinture *la Sainte Vierge tenant l'Enfant Jésus sur ses genoux*. Époque Louis XIII.

120 — Petit étui en buis sculpté, offrant tout autour des petits personnages, surmonté d'un buste. XVIIe siècle.

121 — Petit étui en buis sculpté, surmonté d'un buste. XVIIe siècle.

122 — Petit buste de roi carlovingien tenant son sceptre à la main, buis sculpté du XVIe siècle.

123 — Boite forme navette, en buis sculpté à jour, décor : figure et arabesques. XVIIe siècle.

124 — Boite ovale en buis sculpté, offrant dessus : *le Couronnement de la Vierge et de l'Enfant Jésus;* dessous : le Saint-Esprit et les emblèmes de la Passion. XVIIe siècle.

125 — Dessus de boite en buis sculpté, représentant *la Descente de croix*, avec inscription au-dessous. XVIIe siècle.

126 — Casse-noisettes en bois sculpté, formé par une tête de Gargantua. XVIIe siècle.

127 — Petit groupe de deux figures, en bois sculpté : *l'Éducation*. XVIIe siècle.

128 — Étui de pipe monté en argent.

129 — Figurine en bois sculpté : *la Petite Savoyarde*. XVIIIe siècle.

130 — Coffret à bijoux, octogonal, en écaille, orné d'applications d'argent. Époque Louis XIII.

131 — Coffret plaqué de feuilles d'argent, dessin à rosaces et arabesques. Époque Louis XIII.

132 — Coffret en fer gravé, à figures et arabesques, avec serrure compliquée. XVIe siècle.

133 — Petit coffret en fer gravé, décor à bustes de personnages et arabesques. XVIe siècle.

134 — Coffret avec tiroir, en bois noir incrusté d'ivoire.

135 — Coffret en laque rehaussée d'or avec peinture, paysage à l'intérieur dans le couvercle.

136 — Deux encriers en laque de Perse, décor à figures.

137 — Petit cabinet en laque ancienne de Coromandel, décor à personnages et paysages, fleurs et oiseaux.

138 à 141 — Plusieurs coffrets des XVIe et XVIIe siècles. (Sera divisé.)

142 — Trois Christs en buis sculpté (incomplets). XVIIe siècle.

143 — Boite-reliquaire en bois sculpté, forme haute à fronton, décorée du chiffre du Christ et des emblèmes de la Passion. XVIIe siècle.

144 — Figurine en bronze, rehaussée de vestiges d'or : *Saint Jean*. Socle bois noir incrusté d'ivoire. XVIe siècle.

145 — Statuette en cuivre doré : *Saint Jean-Baptiste*. XVIIe siècle.

146 — Haut-relief en bronze : l'Enfant conduit par l'Archange. Encadré.
Provenant de la vente du duc de Morny.

147 — Bas-relief en cuivre : la Madeleine aux pieds du Christ. Encadré.

148 — Petit bas-relief ovale, en bronze : Femme nue. XVIIIe siècle. Cadre ancien, bois doré.

149 — Bas-relief en bronze, rehaussé de vestiges de dorures, représentant deux scènes de la vie du Christ avec les disciples d'Émaüs. XVIIe siècle. Cadre à fronton ancien en bois sculpté.

150 — Deux beaux bas-reliefs au repoussé sur cuivre doré : *la Sainte Famille* et *le Couronnement de la Vierge*. xviie siècle.
Provenant de la collection du duc de Croy.

151 — Baiser de paix en cuivre repoussé : *l'Adoration des Bergers*. Cadre cintré en bois. xviie siècle.

152 — Petit plat curieux, en cuivre, offrant au centre en repoussé le buste d'*Albert Durer ;* bordure à rosaces gravées. xvie siècle.

153-154 — Deux bas-reliefs sur cuivre : l'*Adoration des Rois Mages* et *la Sainte Trinité assistée des Anges*. Cadres en écaille. Époque Louis XIII.

155 — Bas-relief sur cuivre doré : *le Christ conduit au Calvaire*. Au-dessus on lit : ECCE HOMO. Cadre bois doré. Époque Louis XIV.

156 — Plaquette ovale, buste de Napoléon Ier, en bronze.

157 — Frise en cuivre : aigles et rinceaux feuillagés. Style Renaissance.

158 — Grand plat en étain gravé, à figure d'évêque au milieu, écussons et sujets divers sur le bord. Porte la date 1606.

159 — Deux petits plats en étain attribués à *Briot* ; l'un, décoré de figures équestres de souverains ; l'autre, de figures de saints.

160 — Petite croix d'autel en bois noir, enrichie de chatons en diamants, rubis et grenats; monture en or. Époque Louis XIII.

161 — Baiser de paix en marbre antique sculpté, offrant en bas-relief le *Christ en croix*, *la Vierge et Saint Jean.* Cadre argent. XVIe siècle.

162 — Pagode ancienne en laque de Chine avec divinité à l'intérieur.

163 — Petite pagode chinoise avec divinité à l'intérieur.

164 — Petite coupe en verre antique irisé à reflets de toutes couleurs. Posée sur un pied formé de trois sphinx en bronze.

165 — Petit bénitier en bronze ciselé et doré avec peinture en grisaille au milieu. Époque Louis XV.

166 — Statuette de saint Jean en bronze doré, sur socle en ébène et ivoire. XVIIe siècle.

167 — Deux figurines en bronze : femmes drapées.

167 *bis* — Lampe forme romaine supportée par une serre d'aigle en bronze.

168 — Collection de monnaies anciennes, en or, argent et en cuivre.

169 — Petit buste d'homme en bronze.

170 — Deux figures d'appliques en bronze doré : le Joueur de flûte et la Danseuse aux cymbales.

ÉMAUX DE LIMOGES

ET AUTRES

171 — Très intéressant émail florentin, représentant *la Sainte Trinité couronnant la Vierge*, peinture en couleur et rehaussée d'or. XVIe siècle.

172 — Émail ovale de Limoges, représentant *l'Adoration des Rois mages*, peinture en couleur et rehaussée d'or, encadrée d'arabesques, signée au revers : BAP. NOUAILHER, A LIMOGES. Cadre bois noir.

173 — Émail ovale de Limoges, représentant *le Baptême du Christ*, peinture en couleur à rehauts d'or, encadrée d'arabesques, signée au revers : BAP. NOUAILHER, A LIMOGES. Cadre en bois noir.

174 — Émail ovale de Limoges, représentant *la Nativité*, peinture en couleur et rehauts d'or, avec curieux encadrement d'arabesques entrecoupées de médaillons à figures de saints et de saintes empiétant sur le sujet principal, attribué à LAUDIN. Cadre en bois noir.

175 — Grand et bel émail rectangulaire de Limoges, représentant *l'Ensevelissement*, composition de sept figures, peinture en couleur et rehaussée d'or, signée du monogramme N. B. Datée de 1543. Cadre en bois noir guilloché.

176 — Émail rectangulaire de Limoges, représentant *Sainte Cécile*, peinture en couleur et rehauts d'or. XVIIe siècle. Cadre en bois noir guilloché.

177 — Joli émail ovale de Limoges, représentant une allégorie, peinture en grisaille et en couleur, à rehauts d'or, avec parties translucides à paillons, rubis et émeraudes. Autour on lit l'inscription : « Ou sois aimée la noble vertu. Vostre bel amour est bien lie. » XVIe siècle. Attribué à *Suzanne Courtois*. Cadre octogone en bois noir à fond d'écailles.

178 — Deux émaux rectangulaires de Limoges, représentant la *Mise au tombeau* et *Une scène de la vie du Christ*, peintures en couleurs et rehaussées d'or. XVIe siècle. Cadres en bois sculpté.

179 — Émail rectangulaire : *Tête de Christ*, signé au revers : LAUDIN. Cadre bois noir.

180 — Petit émail ovale de Limoges, représentant *Saint Augustin en prières*, peinture en couleur rehaussée d'or. XVIe siècle. Cadre bois doré.

181 — Plaque en émail byzantin, représentant quatre apôtres, sous des arceaux, et des têtes de saints entre chacun des arceaux.

182 — Salière en émail de Limoges, décor oiseaux et fleurs sur fond blanc, avec pied à ornements et chiffre DD (enlacés) en grisaille et rehauts d'or. Fin du XVIe siècle.

183 — Petit plateau carré fond d'émail bleu clair, avec décor réservé rehaussé d'argent. Époque Louis XIV.

184 — Petit plateau carré à fond d'émail gros bleu, avec décor en relief rehaussé d'argent. Époque Louis XIV.

185 — Trois petites salières en ancien émail de Saxe, décors à fleurs et ornements sur fond blanc.

186 — Joli émail peint : *Tête de Madeleine en extase*. Époque Louis XVI. Cadre en cuivre gravé.

187 — Joli émail peint, représentant *Un Jeune Seigneur au milieu de ses terres, avec ses chiens*, et en perspective un berger et une bergère avec leur troupeau. Signé HENRY, 1799.

188 — Deux petits émaux ovales, représentant *l'Hiver* et *l'Été*. Cadre bois noir.

189 — Émail ovale, représentant *Mars et Vénus surpris par Mercure*. Époque Louis XIII.

190 — Petit triptyque en cuivre émaillé. Travail gréco-russe.

191 — Médaillon ovale renfermant le portrait de Mme de Parabère, peint sur émail, époque de la Régence ; monture argent.

192-193 — Deux émaux ovales, paysages avec figures et animaux. Cadres en velours à chevalet.

194 — Boîte ovale en argent, avec émail couvrant le couvercle, représentant *Joseph et Mme Putiphar*. Époque Louis XIV.

195 — Petit service à thé en émail peint de la Chine,

N° 277 N° 196 N° 276

décor à mandarins au milieu de paysage, composé d'un grand plateau, une théière, un pot à crème, une boîte à thé, quatre tasses avec soucoupes et deux petits plateaux à contours.

IVOIRES

196 — Très beau Christ en ivoire. Travail du xve siècle, intéressant par son caractère et son importance. — Haut., 75 cent.

197 — Très beau Christ en ivoire, œuvre d'un sentiment et d'une exécution remarquables, de Bouchardon.

Sur croix en bois noir, avec cadre en bois noir guilloché et application d'écaille. — Haut., 55 cent. ; hauteur totale, 95 cent.

198 — Grand et beau vidrecome en ivoire sculpté, offrant en haut-relief une chasse au sanglier, composition de nombreux cavaliers, piqueurs, sonneurs de trompe et chiens; monture en argent repoussé. Époque Louis XIII. — Haut., 27 cent.

199 — Très bel olifan en ivoire sculpté, représentant superposés des scènes allégoriques à personnages, des masques fabuleux, un buste d'archange et les armoiries d'un doge de Venise; sur le devant on lit l'inscription : XRISTOPHTORVS DVX CENET·H LEX SFORTIF. — Long., 75 cent.

200 — Très beau vase formant brûle-encens en ivoire sculpté, offrant en bas-relief une scène de couronne-

ment, importante composition de nombreuses figures, costumes du XVIe siècle; monture en bronze avec couvercle finement repercé, couronné par une figurine : Vénus au Dauphin. — Haut., 40 cent.

201 — Très joli groupe en ivoire : *la Madeleine repentie*, représentée à genoux, tenant la croix dans ses deux mains, exprimant un sentiment de profonde désolation; sur socle en bois noir à moulures en ivoire, XVIIe siècle. — Haut., 20 cent.

202 — Très beau haut-relief sur ivoire, représentant *les Dieux et Déesses dans l'Olympe*, composition de nombreux personnages gracieusement groupés et dispersés jusque dans la perspective la plus lointaine; époque Louis XIV; encadrement en bois noir, monté sous verre. — Haut., 19 cent.; avec cadre, 30 cent.

203 — Haut-relief en ivoire sur fond d'écaille de l'Inde, représentant *une Annonciation*, époque Louis XIII. Cadre cintré dans le haut. — Haut., 24 cent.; avec cadre, 34 cent.

204 — Haut-relief sur ivoire, représentant *les Saintes Femmes au pied de la croix*. XVIe siècle. — Haut., 14 cent.

205 — Bas-relief sur ivoire, représentant *Persée et Andromède*. Époque Louis XIV. — Haut., 12 cent.

206 — Sept jolies figurines : *les Apôtres*, en ivoire. XVIIe siècle. Provenant de l'abbaye de Corbie, près d'Amiens.

207 — Très jolie statuette en ivoire : *Saint Antoine debout*. XVIIe siècle.

208 — Jolie statuette en ivoire, représentant *Saint Barthélemy*, avec socle en bois noir et armes papales. XVIIe siècle.

209 — Ex-voto en ivoire sculpté, forme tête de mouton, avec appliques ornées de deux gros grenats cabochons. XVe siècle.

210-211 — Deux petits bustes en ivoire, d'après CALLOT ; homme et femme riants, socle en bois noir.

212 — Buste en ivoire : *Ajax*. XVIIe siècle.

213 — Groupe en ivoire : la Sainte Vierge portant l'Enfant Jésus. Époque Louis XIII.

214 — Dague avec manche formé par une figurine : *Hébé*. XVIe siècle.

215 — Bas-relief rond sur ivoire : *l'Adoration des Rois Mages*. XVIIe siècle.

216 — Buste en ivoire, allégorie de *l'Envie*. XVIIe siècle.

217-218 — Deux bustes en ivoire : *Henri IV* et *Sully*. Socles en bois noir. XVIIe siècle.

219 — Curieuse tête de mort entourée de serpents et de crapauds, sculpture sur ivoire. XVIIe siècle.

220 — Petit groupe : *Vierge et Enfant Jésus*, en ivoire, sur socle en bois noir. Époque Louis XIII.

221 — Petite figure de paysan en ivoire, d'après François Flament.

222 — Bas-relief sur ivoire : *la Vierge et l'Enfant* tenant la croix. xviie siècle.

223 — Bas-relief sur ivoire, représentant *le Combat de la Toison d'or*, cadre en bois noir guilloché. Époque Louis XIII.

224 — Très petite figurine en ivoire : *la Vénus au Dauphin*. Époque Louis XIV.

225 — Étui en ivoire sculpté, décoré de fruits et d'ornements. Époque Louis XVI.

226 — Étui en ivoire sculpté, décor paysan, chien, oiseau et fleurs. Époque Louis XVI.

227 — Petit buste de Jean-Jacques-Rousseau, en ivoire sculpté ; socle en palissandre et en marbre griotte.

228 — Monocle avec monture en ivoire sculpté.

229 — Petite figurine : Saint Hubert se reposant avec son chien, sculpture sur ivoire. xviie siècle.

230 — Groupe allégorique de trois figures : père, mère et enfant. Époque Louis XIV.

231 — Groupe de deux figures en ivoire : Femme et Amour. Époque Louis XIV.

232 — Figurine en ivoire : *Femme nue*. Époque Louis XIV.

233 — Haut-relief en ivoire : *Enfant Jésus et Saint Jean*, attribué à François Flament. Cadre en palissandre guilloché.

234 — Bas-relief sur ivoire, représentant une scène de sorcellerie, d'après Callot. Époque Louis XIII. Cadre en bois noir.

235 — Bas-relief sur ivoire : *l'Assomption de la Vierge*, avec encadrement en ivoire, figures d'enfants et arabesques. Époque Louis XIII. Cadre en palissandre.

236 — Bas-relief sur ivoire : *l'Amour désarmé*. Époque Louis XIV.

237-238 — Deux médaillons rectangulaires en ivoire gravé, représentant *l'Enlèvement d'Hélène*. Époque Louis XIII. Cadres bois noir.

239 — Christ en ivoire, époque Louis XIII.

239 *bis* — Manche de couteau en ivoire, représentant une figurine de chasseur.

240 — Râpe à tabac en ivoire sculpté, représentant *Daphné changée en laurier*. Époque Louis XIV.

241 — Râpe à tabac en ivoire sculpté, représentant *la Révolte des Anges*. Époque Louis XIV.

242 — Très petit Christ en ivoire sculpté. Époque Louis XIII.

243 — Bas-relief sur ivoire, profil de Louis XIV, avec cadre en filigrane d'argent de l'époque.

244 — Petit buste en ivoire. Époque Louis XIV.

245 — Tête de Turc en ivoire sculpté. Époque Louis XIII.

246 — Pomme de canne en ivoire sculpté, tête d'après CALLOT.

247 — Manche de couteau en ivoire sculpté, représentant un groupement de figures allégoriques à *la Foi, l'Espérance et la Charité*. Époque Régence.

248 — Figurine en ivoire, représentant *la Vierge en prière*. Époque Louis XIII. Socle en bois noir.

249 — Grand groupe en ivoire ancien du Japon, représentant plusieurs personnages gravissant une colline.

250 — Petit groupe en ivoire : *la Vierge et l'Enfant*. Époque Louis XIII.

251 — Deux petits groupes en ivoire. Travail chinois.

252 — Porte-cartes en ivoire finement sculpté. Travail chinois.

253 — Petite figurine : Saint Jean debout. Époque Louis XIII.

254 — Plusieurs petits sujets en ivoire. Travail européen et chinois.

255 — Manche de poignard en ivoire sculpté, représentant des petits personnages en bas-relief. Travail ancien.

256 — Poudrière en os gravé. XVIIe siècle.

257 — Deux petits groupes en ivoire sculpté : la Vierge et l'Enfant, Saint Michel et l'Archange.

ARGENTERIE

258 — Belle fontaine tripode, à trois robinets, en argent repoussé et gravé, décorée de rocailles et d'oiseaux, avec mascaron en relief, ornée de deux anses et couvercle surmonté d'un petit buveur campé sur un tonneau. Époque Louis XV. — Poids : 1,825 grammes.

259 — Grande cafetière en argent repoussé, posant sur trois pieds, forme console, décorée de draperies, bec à rocailles. Époque Louis XVI. — Poids : 925 grammes.

260 — Grande et belle cafetière en argent repoussé, le bec formé d'une cariatide d'homme ornée de feuilles d'acanthe, posant sur trois pieds, à consoles, surmontées d'écussons, enguirlandées de lauriers; couvercle couronné par un fruit. Époque Louis XVI. — Poids : 1,042 grammes.

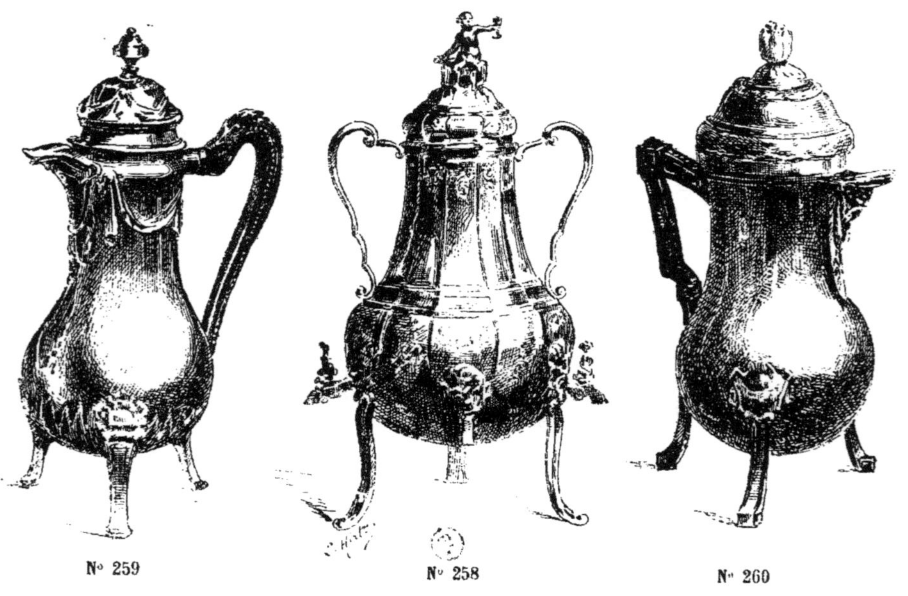

N° 259 N° 258 N° 260

261 — Grande cafetière en argent, forme côtelée, à trois pieds, bec décoré de rocailles. Époque Louis XV. — Poids : 1,150 grammes.

262 — Fontaine tripode, à panse ventrue et forme à pans, en argent, décorée d'ornements et surmontée d'une pomme de pin. Époque Louis XIV. — Poids : 1,045 grammes.

263 — Théière en argent repoussé, forme côtelée, avec bec à tête de dauphin, posant sur un support à trois pieds. Époque Louis XV. — Poids : 688 grammes.

264 — Théière en argent, forme octogone et ventrue, avec bec à tête de dauphin, décorée d'ornements gravés. Époque Régence. — Poids : 562 grammes.

265 — Aiguière en argent repoussé, décorée de grands rocailles. Époque Louis XV. — Poids : 880 grammes.

266 — Très belle aiguière Louis XV en argent repoussé, forme élégante, à côtes tournantes, relevée d'écussons fleuronnés.

Avec plateau ovale, à bords contournés, décoré de rocailles et de guirlandes de fleurs. — Poids total : 2,505 grammes.

267 — Bouilloire en argent repoussé, forme surbaissée, à panse très ventrue et côtelée avec alliance d'armoiries gravées ; bec orné d'une cariatide de femme. Époque Régence. — Poids : 870 grammes.

N° 295

N° 275

N° 331

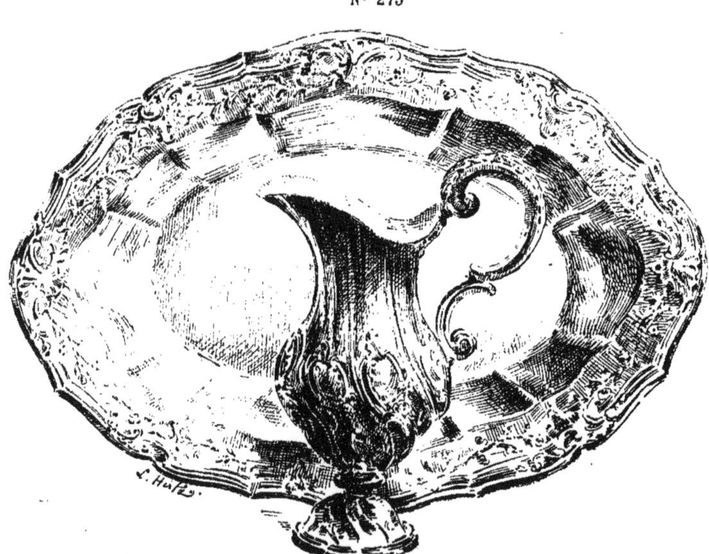

N° 266

268 — Jolie aiguière en argent finement gravée, décor à rocailles. Époque Louis XV. — Poids : 750 grammes.

269 — Aiguière avec bassin en argent gravé, décorée de guirlandes de lauriers, avec armoiries aux armes de Léon et de Castille. Époque Louis XVI. — Poids total : 1,835 grammes.

270 — Petite cafetière en argent repoussé, offrant sur la panse un médaillon à sujets champêtres, des oiseaux et des guirlandes de fleurs ; bec formé par un masque de faune. Époque Louis XVI. — Poids total : 382 grammes.

271 — Théière en argent repoussé, panse partie côtelée, partie décorée d'ornements et de fleurs, couronnée par un petit triton. Époque Louis XV. — Poids : 345 grammes.

272-273 — Deux très belles coupes en argent repoussé, finement ciselées et partie dorées, représentant dessus l'Enlèvement d'Hélène, le Triomphe de Vénus et d'Amphitrite ; dessous se dessinent de charmantes compositions inspirées de la Renaissance : des bustes de Flore couronnés par des satyres ; des cartouches avec masques fabuleux, aux oreilles desquels se suspendent des aigles aux ailes déployées. Le pied, couvert d'ornements dans le même goût et de guirlandes de fleurs, est surmonté d'un élégant balustre, décoré des figures de Cérès, Amphitrite, Vénus et l'Amour, auquel se rattachent trois petites consoles posées sur têtes de chérubins supportant les coupes. — Poids : 1,610 grammes.

274 — Petite cafetière tripode avec anses à cariatides en argent repoussé, représentant le Sacrifice d'Abraham et des ornements feuillagés. — Poids : 370 grammes.

275 — Paire de très beaux flambeaux en argent repoussé et ciselé, modèles à rocailles fleuronnées. Époque Louis XV. — Poids : 1,525 grammes.

276 — Gobelet en argent repoussé, dessin bossages, supporté par une petite figurine, avec couvercle couronné par le double aigle d'Autriche. Époque Louis XIII. — Poids : 290 grammes.

277 — Brûle-parfums en argent repoussé et repercé à jour, décoré d'ornements. Époque Louis XIV. — Poids : 200 grammes.

278 — Joli tête-à-tête en vermeil repoussé, ciselé et gravé, composé d'un grand plateau à deux anses, ornées de figures de femmes et de paons, une théière, un sucrier, un pot à crème et deux tasses avec soucoupes et cuillères, décorés de médaillons à sujets champêtres et d'ornements rocailles. — Poids : 1,990 grammes.

279 — Sucrier en argent repoussé, à deux anses, décor à arabesques. — Poids : 670 grammes.

280 — Brûle-parfums, forme persane, en argent repoussé et gravé. XVIIe siècle. — Poids : 455 grammes.

281 — Joli vidrecome en argent repoussé et partie dorée, offrant au pourtour des sujets mythologiques, surmonté d'une boule. Époque Louis XIII. — Poids : 890 grammes.

282 — Huilier en argent, dessin console. Époque Louis XVI. Travail français. — Poids : 540 grammes.

283 — Huilier en argent, dessin à gaines, surmonté de feuilles d'acanthe. Époque Louis XVI, avec burettes. — Poids : 440 grammes.

284 — Huilier sur plateau à contours, bordure perlée. Époque Louis XV. Travail français. — Poids : 412 grammes.

285 — Huilier en argent, orné de draperies. Époque Louis XVI. Travail français. — Poids : 465 grammes.

286 — Joli huilier en argent avec plateau à contours, décor coquilles, pieds à consoles. Époque Louis XV. Travail français, vieux Paris. — Poids : 610 grammes.

287 — Jolie cave à liqueurs en argent ciselé, modèle à consoles et guirlandes de laurier, avec poignée formée de rocailles. Époque Louis XV. Travail français. — Poids : 1,078 grammes.

288 — Huilier en argent, modèle à consoles et guirlandes de lauriers, avec burettes. — Poids : 283 grammes.

289 — Très bel huilier en argent repoussé, modèle surtout à deux anses, élevé sur quatre consoles feuillagées, orné de guirlandes de fleurs. Époque Louis XVI. Travail français. — Poids : 865 grammes.

290 — Huilier en argent, modèle à rocailles et arbrisseaux.

Travail français. Époque Louis XV. — Poids : 455 grammes.

291 — Joli huilier, forme dite bateau, dessin à rocailles et guirlande de lauriers avec figurines de guerriers romains au milieu. Travail français. Époque Louis XV. — Poids : 690 grammes.

292 — Huilier en argent, modèle à la colonne, surmontée de l'aigle d'Autriche, orné de guirlandes de raisins. Époque Louis XVI. — Poids : 765 grammes.

293 — Huilier en argent sur plateau côtelé. Époque Louis XVI. — Poids : 380 grammes.

294 — Ménagère en argent, ornée de consoles, posant sur serres d'aigles avec écusson. Époque Louis XVI. — Poids : 360 grammes.

295 — Aiguière à sirops, en argent repoussé, modèle à côtes tournantes. Époque Louis XV. — Poids : 300 grammes.

296 — Chauffe-mains ou brûle-parfums en argent repercé. Époque Louis XV. — Poids : 222 grammes.

297 — Sucrier en argent repoussé, décor à rocailles et feuillages. Travail français. Époque Louis XV. — Poids : 355 grammes.

298 — Burette à huiles saintes, en argent repoussé, ornée dessus d'une galerie à jours. Époque Louis XIII. — Poids : 354 grammes.

299 — Paire de flambeaux en argent, ornés de godrons. Époque Louis XIV. — Poids : 640 grammes.

300 — Paire de flambeaux en argent, forme octogone. Époque Louis XIV. — Poids : 800 grammes.

301 — Petite cafetière en argent repoussé, décor à feuilles d'eau, guirlandes de fleurs et nœuds de rubans, posant sur trois pieds. Travail français. Époque Louis XVI. — Poids : 245 grammes.

302 — Petite cafetière en argent repoussé et gravé, décorée d'ornements et de branches de lauriers, vieux Paris. Époque Louis XIV. — Poids : 200 grammes.

303 — Petite cafetière en argent repoussé, décorée de guirlandes de laurier. Époque Louis XVI. — Poids : 233 grammes.

304 — Deux petites burettes d'autel en argent repoussé, décor à guirlandes, anses forme grecque perlée. Époque Louis XVI. — Poids : 350 grammes.

305 — Coupe sur piédouche en argent repoussé et gravé, décor à ornements. Style Louis XIV. — Poids : 670 grammes.

306 — Joli sucrier en vermeil, finement ciselé et gravé, orné de deux anses à tête de cygne, offrant autour de la panse, se détachant à jour sur fond de cristal taillé, des médaillons allégoriques au triomphe d'Amphitrite et d'autres figures mythologiques. Époque 1er Empire. — Poids : 575 grammes.

307 — Deux réchauds en argent, avec arabesques repercées à jour décorant la bordure. Époque Louis XIV. — Poids : 1,150 grammes.

308 — Réchaud en argent, bordure repercée à jour, dessin dit chaînette à rosaces. Travail français. Époque Louis XIV. — Poids : 530 grammes.

309 — Grand réchaud en argent, bordure repercée à jour. Époque Louis XIV. — Poids : 884 grammes.

310 — Paire de flambeaux en argent, forme à pans. Époque Louis XIV. — Poids : 990 grammes.

311 — Paire de petits flambeaux en argent, même forme. Époque Louis XIV. — Poids : 900 grammes.

312 — Paire de petits flambeaux en argent, forme côtelée. Époque Louis XIV. — Poids : 605 grammes.

313 — Burette à sirops en argent, forme côtelée. Époque Louis XIV. — Poids : 180 grammes.

314 — Vidrecome en argent, partie dorée, décor damassé, intérieur en vermeil. Époque Louis XIII. — Poids : 450 grammes.

315 — Gobelet en argent gravé, à feuillages et guirlandes. Époque Louis XVI. — Poids : 126 grammes.

316 — Poudrière à sucre en argent, forme côtelée. Époque Louis XV. — Poids : 143 grammes.

317 — Poivrière en argent. Époque Louis XVI. — Poids : 105 grammes.

318 — Coupe à sucre, forme lobée, en argent. Époque Louis XV. — Poids : 175 grammes.

319 — Suspension d'autel en argent repoussé, décor fleurs et écusson. Époque Louis XIII. — Poids : 566 grammes.

320 — Deux petits vases en argent repoussé, forme Médicis, décor à feuilles d'acanthe et ornements. Époque Empire. — Poids : 450 grammes.

321 — Gobelet sur piédouche en argent repoussé, à godrons et gravé à ornements, intérieur vermeil. Époque Louis XIV. — Poids : 100 grammes.

322 — Gobelet en argent avec sujets mythologiques en relief, pied à bossages. Époque Ier Empire. — Poids : 285 grammes.

323 — Gobelet en argent repoussé, dessins à sujets champêtres et attributs de musique. — Poids : 155 grammes.

324 — Cafetière en argent uni. Époque Louis XV. — Poids : 385 grammes.

325 — Petite cafetière en argent repoussé, décor à rinceaux feuillagés, avec lion héraldique sur le couvercle. Époque Louis XIV. — Poids : 212 grammes.

326 — Pot à crème en argent repoussé, décor coquille

et armoiries. Époque Louis XIV. — Poids : 145 grammes.

327 — Sucrier-bonbonnier en argent repoussé, offrant sur le couvercle, en haut-relief : Alexandre monté sur Bucéphale. Pourtour, décor à arabesques de feuillages. Époque Louis XIII. — Poids : 270 grammes.

328 — Sucrier en argent repoussé, décor au fauconnier et arabesques de feuillages. — Poids : 312 grammes.

329 — Moutardier en argent, avec armoiries gravées ; travail français. Époque Louis XIV. (Avec une cuillère.) — Poids : 240 grammes.

330 — Vase avec couvercle en argent gravé à petits dessins, rehaussé de vestiges d'émail vert par parties ; travail ancien d'Orient. — Poids : 200 grammes.

331 — Pot à crème en argent repoussé, décor à sujets de chasse et écusson armorié. — Poids : 230 grammes.

332 — Gobelet à anse en argent repoussé ; dessin ramages. — Poids : 178 grammes.

333 — Timbale en argent repoussé, décor médaillon, figure d'amour et fleurs. Époque Louis XIV. — Poids : 125 grammes.

334 — Couvercle de vidrecome en argent repoussé, représentant dessus, finement gravé : Moïse sauvé des eaux. Époque Louis XIII. — Poids : 190 grammes.

335 — Gobelet à anse en argent repoussé, décor à godrons. — Poids : 145 grammes.

336 — Très petit réchaud en argent avec manche en bois noir. Époque Louis XVI. — Poids : 128 grammes.

337 — Coupe à déguster en argent. Époque Louis XIII. — Poids : 100 grammes.

338-339 — Deux petites timbales en argent repoussé, décor figures et rocailles. — Poids : 113 grammes.

340 — Petite coupe en argent repoussé, forme ovale, à bossages. Époque Louis XIII. — Poids : 65 grammes.

341 — Coupe à déguster en argent repoussé, forme à bords lobés, décor à fruits. Époque Louis XIII. — Poids : 85 grammes.

342 — Coupe à déguster en argent repoussé, décor à fruits. Époque Louis XIII. — Poids : 60 grammes.

343-344 — Deux timbales en argent gravé. Époque Louis XIII. — Poids : 80 grammes.

345 — Gobelet sur piédouche en argent uni. — Poids : 58 grammes.

346 — Petite timbale en argent gravé, décor à tête d'homme et ornements. — Poids : 35 grammes.

347 — Cuillère à sucre en argent, travail ancien. — Poids : 132 grammes.

348 — Cuillère à sucre en argent, décor coquille; travail français. Époque Louis XIV. — Poids : 100 grammes.

349 — Cuillère à sucre en argent, manche en ébène finement sculpté. Empire.

350 — Cuillère à sucre en vermeil. Époque Louis XIV. — Poids : 53 grammes.

351 à 353 — Trois couverts de voyage en argent. Époque Henri II. — Poids : 200 grammes.

354 — Couteau et fourchette avec manches en argent, figures allégoriques de la Justice et guerriers armés. Époque Louis XIII.

355 — Couteau et fourchette avec manches en argent, à figures de guerriers. Époque Louis XIII.

356 — Couverts de voyage composés de trois pièces en vermeil, manches à bustes de personnages. Style Renaissance. — Poids : 110 grammes.

357 — Deux salières en argent repoussé. Époque Louis XIV. — Poids : 219 grammes.

358 — Deux salières en argent repoussé. Époque Louis XIV. — Poids : 185 grammes.

359 à 362 — Quatre salières de différents modèles, en argent repoussé. Époque Louis XIV. (Sera divisé.) — Poids total : 275 grammes.

363 — Paire de très jolies salières en cristal taillé, montées en argent, bordure dentelée, pieds à consoles surmontées d'écussons.

364-365 — Deux paires de salières en argent de différents modèles. Époque Louis XVI. (Seront vendues séparément.)

366 à 368 — Trois salières en argent de différents modèles. Époque Louis XVI. (Sera divisé.)

369 — Petite jardinière forme autel, supportée par quatre cariatides de béliers en argent.

370 à 373 — Quatre paires de salières en argent; différents modèles. Époque Empire.

374 — Deux petites salières en agate, forme hexagonale. Époque Louis XIII.

375 — Cinq petites cuillères en argent repoussé, sujets champêtres.

376 — Quatre petites cuillères en argent repoussé, forme coquille.

377 — Beau fermoir de missel en argent repoussé et repercé à jour. Époque Louis XIII.

378 — Truelle en argent, manche en bois noir.

379 — Bénitier en argent surmonté d'un crucifix, avec cadre à fond de velours. Époque Louis XIII.

380 — Crucifix en argent avec croix en bois noir. Époque Louis XIII.

381 — Joli coffret à bijoux en filigrane d'argent. — Poids : 485 grammes.

382 — Jolie boîte avec couvercle et plateau-support en argent filigrané de Gênes, ornée de jetées de fleurs émaillées. Époque Louis XIV. — Poids : 450 grammes.

383 — Joli plateau ovale en argent filigrané, dessins à fleurs et rosaces rehaussées d'émail. Travail vénitien. Époque Louis XIII. — Poids : 235 grammes.

384 — Cinq porte-tasses en argent filigrané. Travail ancien de Gênes.

385 — Jolie corbeille à anse en argent filigrané. Travail génois. Époque Louis XIII. — Poids : 250 grammes.

386 — Petite corbeille en argent filigrané, à deux anses. Travail génois ancien.

387 — Deux petits brûle-parfums en filigrane d'argent, représentant des dindons. Travail génois.

388 — Étui en filigrane d'argent. Travail ancien de Gênes.

389 — Petit brûle-parfums en argent et filigrane partie émaillée, forme bouquet de fleurs. Travail ancien.

390 — Petit panier en filigrane d'argent, petite coupe en filigrane d'argent, un porte-tasses.

391 — Quatre couronnes de madones en argent. Travail ancien.

392 à 396 — Divers objets d'étagères en argent.

397 — Cinq cuillères à potages en vermeil, Louis XIV. — Poids : 390 grammes.

398 — Deux pinces à sucre en argent.

399 — Fourchettes et cuillères en argent, partie niellées. Travail ancien.

400 — Deux jolis bas-reliefs en repoussé sur argent, forme écussons, avec trophées au centre, figures d'Adam et d'Ève de chaque côté, sabliers en haut, têtes de chérubins dans le bas. Époque Louis XIV.

401 — Bas-relief au repoussé sur argent : portrait d'un maréchal du premier Empire.

402 — Plaque en argent niellé : chariot traversant au galop un village de la Russie. Travail de Toula.

403 — Haut-relief en repoussé sur argent : *Saint Jean dans le Désert*. Époque Louis XIV. Cadre bois noir.

404 — Bas-relief au repoussé sur argent, forme ovale, représentant une barque chargée de personnages

mythologiques naviguant sous les regards de Jupiter porté par les nuages. Encadrement à rocailles. Époque Louis XV. Cadre en bronze.

405 — Bas-relief au repoussé sur argent, forme ovale, représentant une *Station de la Croix*, composition de nombreuses figures. XVIIIe siècle. Cadre en bronze.

406 — Haut-relief au repoussé sur argent : *Esther devant Assuérus*. Jolie composition de plusieurs figures. XVIIIe siècle. Cadre en bronze.

407 — Deux bas-reliefs au repoussé sur argent représentant un *Enlèvement* et *Flore veillant sur le sommeil de l'Amour*. Cadres en glaces et verre de Venise. XVIIIe siècle.

408 — Christ à mi-corps, en argent repoussé et doré. XVIe siècle.

409 — Petit bateau en argent gouverné par un batelier. Style Renaissance.

MONTRES, CHATELAINES

410 — Très jolie montre en or ciselé et de couleur, bordure à arabesques de feuillages, avec émail sur le boîtier représentant une allégorie aux quatre parties du monde. Cadran signé : J.-H. Kühn, Amsterdam. Travail de bijouterie française du temps de Louis XVI. (Avec sa custode.)

411 — Très belle montre à double boîtier en or émaillé en plein représentant les personnages de la comédie italienne. Travail français du temps de Louis XV. Mouvement anglais de Willats (signé), à Londres.

412 — Très belle montre à double boîtier en or finement repercé. Le premier boîtier offrant des arabesques de fleurs et des cygnes, le second enrichi de jaspe sanguin, améthyste, cornaline et autres pierres fines taillés en rosaces, coquilles, etc.; selon les dessins de la monture, d'une finesse remarquable. Poussoir orné d'un jaspe. Travail français du temps de Louis XV. Mouvement à répétition de *Elro*, à Londres. (Signé).

413 — Belle montre à double boîtier en or, le second émaillé en plein représentant la *Nativité*, composition de dix figures encadrée de guirlandes de roses et de feuillages. Travail français de l'époque Louis XV. Mouvement de *Paola Lista*, à Naples (signé).

414 — Jolie montre tout en émail, représentant sur le boîtier : *Diane se reposant des fatigues de la chasse aux pieds de Pâris;* au pourtour, elle offre des médaillons paysages en camaïeu rose; à l'intérieur, un paysage. Travail français du temps de Louis XIV. Mouvement des frères *Esquivillon* et de *Chouders*.

415 — Belle montre en or ciselé et de couleur, offrant sur le boîtier émaillé en plein un portrait du roi Louis XVI entouré d'un cercle émaillé bleu; autour, des guirlandes de laurier en or vert retenues par un nœud de rubans. Mouvement signé de *Gatiaij à Tarbes*. Travail français de l'époque Louis XVI.

416 — Jolie montre en or émaillé en plein, offrant sur le boîtier une *Scène d'intérieur* de Morin. Époque Louis XV. Travail français.

417 — Montre rare en or émaillé en plein, offrant sur le boîtier, au milieu, un buste de femme en costume Marie-Antoinette, coiffée à la poudre, fond émail marron se détachant sur un entourage émail opalin, bordures à perlés d'opales et feuillages verts. Mouvement signé de *Romilly, à Paris.* Travail français, époque Louis XVI.

418 — Montre en or à double boîtier, offrant sur le second à fond d'émail gros bleu un portrait présumé de la Du Barry peint sur émail, avec entourages et festons de rubans en jargons. Aiguilles fleurdelisées. Mouvement de *Perrot* et *Achard* (signé sur le cadran). Travail français du temps de Louis XVI.

419 — Très belle montre en or émaillé en plein, représentant sur le boîtier des *bergères, berger, enfant et moutons dans un paysage, avec cours d'eau,* d'après Huet. Travail français du temps de Louis XV.

420 — Montre en or guilloché, ornée sur le boîtier d'un émail: portrait de jeune femme en bergère, avec entourages et ornements en jargons, aiguilles fleurdelisées. Cadran signé *Lépine, à Paris.* Travail français, époque Louis XVI.

421 — Montre en or ciselé et de couleur, offrant sur le boîtier un buste de seigneur, peinture sur émail, entourages en jargons. Mouvement signé de *Bartholony, à Paris.* Travail français, époque Louis XVI.

422 — Jolie petite montre en or émaillé rouge avec rosace au milieu, entourages de demi-perles, bordures à corde émaillée noir par parties. Cadran signé : *Fraviez, à Berlin*. Travail de bijouterie français.

423 — Montre en or finement ciselé et de couleur avec émail : portrait de femme sur le boîtier, entourage du cadran en jargons. Mouvement signé de *Berthoud, à Paris*. Travail français, époque Louis XVI.

424 — Montre en or à fond d'émail bleu avec parties réservées sur le boîtier pour un sujet de chasse en or de couleur, entouré d'un cordon. Entourage du cadran en jargons. Signé *L'Épaute, à Paris*. Travail français, époque Louis XVI.

425 — Grande montre en or, boîtier émaillé fond bleu à guirlande d'or, sujet au centre : *Femmes portant des fleurs pour orner un autel*. Cadran signé AUTRAN, *à Paris*. Époque Louis XVI. Travail français.

426 — Jolie montre en or ciselé et de couleur, offrant au centre un médaillon : *la Femme à la colombe*, entourages et fleurs en jargons. Mouvement de *Rivard, à Reims* (signé). Travail français, époque Louis XV. Dans sa custode.

427 — Montre en or émaillé à sujet : *Vestale près d'un autel*, encadrement bleu et filet blanc. Cadran signé *Bréguet, à Paris*. Époque Louis XVI. Travail français.

428 — Montre en or ciselé et de couleur, offrant sur le boîtier un émail peint, fond rose à figure de femme dans un parc en grisaille. Entourage du cadran en jargons, signé *Adeline, à Caen*. Travail français, époque Louis XVI.

429 — Montre en or émaillé gros bleu, bordure perlé opalin. Époque Louis XVI.

430 — Montre en or finement ciselé et repercé, dessin à rocaille recouvrant le boîtier en émail qui représente sur un fond à écailles de poisson rose : *Neptune et Amphitrite*. Travail français, époque Louis XV. Mouvement signé d'*Addès, à Londres*.

431 — Grosse montre avec boitier tout en émail représentant : *Diane avec une nymphe et l'Amour*, entourage guirlande de fleurs, peinture du temps de Louis XIV.

432 — Jolie montre en or émaillé vert avec rosace au centre, bordure perlé opalin avec chainette de gousset en or, clé, breloques émaillées et enrichies de perles. Époque Louis XVI.

433 — Montre en or, boitier émaillé : *Cérès dans un paysage*, entourage perlé d'or. Mouvement de *Gudin à Paris* (signé). Époque Louis XVI.

434 — Montre en or, boitier avec émail représentant une *Chasse au cerf*, bordure ciselée en couleur. Époque Louis XVI.

435 — Montre en or ciselé et de couleur avec sujet : *le Concert*, d'après *Watteau*, en émail sur le boîtier. Entourage en jargons. Époque Louis XVI.

436 — Petite montre en or de couleur ciselé, ornée sur le boîtier d'un émail : *la Déclaration*, personnages en costumes Louis XIV. Travail français, époque Louis XVI.

437 — Montre en or avec émail sur le boîtier représentant une allégorie : *Vestale près d'un autel*, entourée de feuillages émaillés vert, ornée de jargons. Cadran signé : *Berthoud, à Paris*. Époque Louis XVI. Travail français.

438 — Montre en or avec boîtier émaillé : *Enfant près d'une fontaine*, entourage perlé opalin. Époque Louis XVI.

439 — Grande montre en or avec émail sur le boîtier, représentant une allégorie de la Paix. Époque fin Louis XVI.

440 — Jolie montre en or émaillé fond rouge rubis, avec sujet : *Offrande à l'amour*, entourage perlé opalin. Cadran signé *Berthoud, à Paris*. Époque Louis XVI. Travail français.

441 — Montre en or ciselé avec émail grisaille sur le boîtier : *Vestale gardant les autels*. Époque Louis XVI.

442 — Montre en or avec émail, fond rouge et médaillon :

le Petit Colporteur. Entourage du cadran en jargons. Époque Louis XVI.

443 — Montre en or avec émail sur le boîtier : *Amour bandant un arc*, fond gros bleu. Époque Louis XVI.

444 — Montre en or émaillé imitant le jaspe sanguin, avec petit temple de l'Amour en or de couleur réservé sur le boîtier. Cadran signé *Lépine*, *à Paris*. Époque Louis XVI.

445 — Montre en or émaillé gris fer, avec rosace au centre et bordure à perlé opalin. Époque Louis XVI.

446 — Jolie montre en or, mouvement à jour, enrichie de jargons; signé *Auvergne*, *à Paris*. Cadran multiple, fond d'émail bleu avec figures d'amours en grisaille. Époque Louis XVI.

447 — Grosse montre en or avec sujet : *Deux Muses*, sur fond d'émail bleu, entourages de demi-perles. Cadran signé *Huaut*, *à Genève*. Époque fin Louis XVI.

448 — Jolie montre en or ciselé et de couleur avec médaillon : Colombes et guirlandes, réservé en or et en relief sur fond bleu. Époque Louis XVI.

449 — Grosse montre en or émaillé : *Vénus et l'Amour regardant des colombes prendre leur vol*, fond bleu, entourage blanc. Époque fin Louis XVI.

450 — Montre en or avec émail à l'intérieur, représentant : *les Saintes Femmes au pied de la croix*. Cadran signé *Borel*, *à Altona*. Époque Louis XVI.

451 — Montre en or émaillé fond orange à guirlande de fleurs avec *herborisations* au centre. Époque Louis XVI.

452 — Montre en or émaillé gris fer avec médaillon d'or réservé au centre. Cadran signé *Lefebvre, à Paris.* Époque Louis XVI.

453 — Montre en or émaillé avec sujet : *Offrande à l'Amour*, fond violet et perlé rubis translucide. Époque Louis XVI.

454 — Montre en or de couleur et ciselé avec émail : portrait de femme. Entourage du cadran en jargons. Époque Louis XVI.

455 — Montre en or émaillé gros bleu, entourages de demi-perles. Époque Louis XVI.

456 — Montre en or émaillé avec sujet sur le boitier : *l'Amour portant des fleurs au pied d'un autel*, entourage perlé opalin. Époque Louis XVI.

457 — Montre en or gravé avec émail en camaïeu rose : petite femme d'après Le Prince, entouré de jargons. Époque Louis XVI.

458 — Grosse montre en or émaillé bleu de roi, entourages de demi-perles. Époque fin Louis XVI.

459 — Belle montre en or émaillé gros bleu avec sujet genre Watteau en grisaille. Cadran signé *Berthoud, à Paris*. Époque Louis XVI.

460 — Grande et belle montre en or émaillé, représentant sur fond bleu : *Diane et Apollon*, entourages de demi-perles, mouvement anglais. Époque fin Louis XVI.

461 — Grande montre en or émaillé bleu avec figure allégorique de la Justice. Époque fin Louis XVI.

462 — Montre en or émaillé gros bleu étoilé d'or, bordure perlé opalin. Époque Louis XVI.

463 — Jolie montre en or émaillé gros bleu avec sujet : *Paysanne sur son âne accompagnée d'un paysan.* Entourages de demi-perles. Époque Louis XVI.

464 — Montre en or de couleur ciselé à guirlandes de fleurs et nœud de ruban avec émail au centre : portrait de femme. Entourage du cadran en jargons. Époque Louis XVI.

465 — Montre en or poli avec émail : *Jeune Fille à la colombe*, bordure perlée. Époque Louis XVI.

466 — Montre en or ciselé et guilloché avec émail au centre : portrait de femme coiffée à la Lamballe, ornée de jargons dans les cheveux et entourage en jargons. Époque Louis XVI.

467 — Montre en or émaillé gros bleu étoilé d'or, avec sujet réservé en or de couleur : *la Vierge et l'Enfant.* Époque Louis XVI.

468 — Montre en or de couleur avec émail au centre : *la Déclaration*, d'après Lancret. Époque Louis XVI.

469 — Montre en or de couleur ciselé, à guirlandes et nœuds de rubans, avec émail : portrait de femme. Époque Louis XVI. Mouvement à répétition.

470 — Belle montre en or à double boîtier, le second repoussé représentant l'*Entrée triomphale de Charlemagne dans une ville d'Allemagne*, encadrée de rocailles. Mouvement signé de *Brown, à Londres*, avec custode en galuchat. Époque Louis XV.

471 — Grande et belle montre en or à double boîtier, le premier repercé, le second repoussé et représentant une scène d'histoire ancienne, encadré de rocailles et d'ornements finement repercés. Mouvement à répétition de *William Gile*, de Rotterdam (signé). Époque Louis XV. Avec sa custode en galuchat.

472 — Montre en or à double boîtier, le second repoussé offrant une allégorie à l'*Hyménée*, encadrée de rocailles. Mouvement de *Potter, de Londres* (signé). Époque Louis XV.

473 — Jolie montre à double boîtier en or, le second repoussé représentant un sujet biblique encadré de rocailles. Cadran signé *Rivers et Son, London.* Époque Louis XV. Dans sa custode en galuchat.

474 — Montre à double boîtier en or, le premier repercé et gravé, le second repoussé représentant une *Audience royale* avec rocailles tout autour, partie repercés. Mouvement de *Cabrier, London* (signé). Époque Louis XV.

475 — Montre en or à double boitier, le premier gravé, le second repoussé, offrant *Jupiter dans l'Olympe couronné par l'Abondance*, entouré de rocailles. Mouvement anglais à répétition. Époque Louis XV.

476 — Montre en or émaillé gros bleu, avec rosace en jargons au milieu. Époque Louis XVI.

477 — Montre en or émaillé bleu et rouge, cercles opalins et rosace au centre en roses. Époque Louis XVI.

478 — Montre à double boitier en or, le second repoussé représente *Hercule et Omphale* encadrés de rocailles. Mouvement de *Josephson, London* (signé). Époque Louis XV.

479 — Montre en or guilloché avec fleurs et guirlandes en jargons. Cadran signé : *Delisle et frères Moricand*. Époque Louis XVI.

480 — Jolie montre en or à double boitier, le premier repercé et gravé, le second offrant un sujet Watteau encadré de fleurs et de petits bustes. Mouvement de *Carlesson, London* (signé). Époque Louis XV.

481 — Montre en or émaillé : *Vestale enguirlandant de fleurs un autel*, peinture en grisaille sur fond bleu. Cadran signé *Kessen, à Paris*. Époque Louis XVI.

482 — Montre à double boitier en or, le second repoussé à sujet d'après *Téniers* et rocailles. Mouvement de *Joseph de Londres* (signé). Époque Louis XV.

483 — Montre en or émaillé bleu, bordure perlé opalin. Époque Louis XVI.

484 — Montre en or ciselé et de couleur, avec guirlande de feuillages partie émaillée vert, ornée de demi-perles. Époque Louis XVI.

485 — Montre en or ciselé et de couleur, offrant sur le boîtier un médaillon avec deux cœurs au milieu d'un carré enguirlandé de fleurs. Époque Louis XVI.

486 — Montre en or guilloché et ciselé, bordure perlée. Cadran signé *Canu, à Paris*. Époque Louis XVI.

487 — Montre en or gravé à sujet de chasse. Mouvement de *Lacarbière* (signé), avec brillant sur le poussoir. Époque Louis XV.

488 — Jolie petite montre en or de couleur et ciselé, représentant sur le boîtier l'*Amour géographe*. Époque Louis XVI.

489 à 491 — Trois belles montres à double boîtier en or repoussé, dont deux représentant des sujets d'après *Watteau*, et l'autre l'*Arrivée d'Esther devant Assuérus*, encadrés de rocailles. Époque Louis XV.

492-493 — Deux montres en or de couleur et ciselé, décorées, l'une d'attributs champêtres, l'autre d'une scène pastorale avec entourage [en marcassites. Époque Louis XV.

494 à 513 — Vingt-quatre jolies montres du temps de

Louis XVI, en or ciselé, en majeure partie rehaussées d'or de couleur, offrant sur les boitiers des sujets mythologiques ou des scènes de chasse, des attributs guerriers ou champêtres et autres ornements. (Seront vendues séparément.)

514 — Montre en or repercé avec second boitier en galuchat. Mouvement signé *Isaac Roberts, London*. Époque Louis XV.

515 — Boitier de montre en or repoussé, représentant *Vénus sur un trône et Mars recevant ses armes des mains de l'Amour*, encadré de rocailles. Époque Louis XV.

516 — Dessus de montre en or repoussé, représentant un sujet historique, encadré de rocailles. Époque Louis XV.

517 — Montre avec châtelaine en acier, décorée d'ornements en or de couleur. Époque Louis XV.

518 — Grosse montre en argent repoussé, à double boitier, représentant *Alexandre et Diogène*, avec encadrement repercé à dessins très fins. Mouvement de *Pfeiffer Meminge* (signé), avec custode en galuchat noir clouté d'argent. Accompagnée d'une chaine de gousset en argent ciselé, cachet et breloques. Époque Louis XV.

519 — Grosse montre à double boitier en argent repoussé, représentant dessus *Elieser et Rebecca*, encadrés de fleurs et d'ornements, avec chaine de gousset et clef-

reliquaire renfermant des cheveux. Époque fin Louis XV.

520 — Grosse montre en argent repoussé, décor représentant un *Satyre surprenant Vénus et l'Amour endormis*, encadrement à fleurs et rocailles. Époque Louis XV. Chaîne de gousset en argent avec cachet orné d'une figure de *Mercure* gravée sur onyx.

521 — Montre en argent gravé et repercé, décor à attributs d'amours, oiseaux et autres animaux d'après Berain. Époque Régence. Chaîne de gousset en argent avec breloques. Époque fin Louis XVI.

522 — Montre en cuivre à double boîtier repoussé, sujet mythologique et rocailles. Époque Louis XV.

523 — Montre en cuivre avec mouvement à jour, de *Williamson*. Époque Louis XVI.

524 — Montre en argent repoussé, à double boîtier, desus orné d'un émail. Époque Louis XV.

525 — Jolie petite montre en cuivre, dessin vannerie. Mouvement de *Tourtay, à Rouen* (signé).

526 — Montre à double boîtier en argent gravé, avec émail sur le boîtier. Mouvement de *Piter Egder de Dortrecht*. Époque Louis XV.

527 à 542 — Seize montres en argent dont treize à double boitier, repoussé et gravé, offrant divers sujets historiques et mythologiques. Époque Louis XV.

543 à 553 — Onze montres en argent à boîtiers unis, gravés ou repercés. Époques Louis XV et Louis XVI.

554 — Custode de montre en cuivre repercé et doré, dessin très fin. XVIe siècle.

555 — Montre en cuivre à double boitier repoussé. Époque Louis XV.

556 à 558 — Trois montres en cuivre à boitiers unis. Époque Louis XV.

559 — Montre curieuse en cuivre repercé, avec joli mouvement découpé à jour à l'intérieur, signé d'*Ahbram Olard*; cadran à gros chiffres en émail sur fond de cuivre; boîtier en cuir finement clouté de cuivre. Époque Louis XIV.

560 — Montre avec boîtier en cuir clouté d'argent, mouvement de *Houzeau de Valenciennes*. Époque Louis XV.

561 — Montre en argent gravé, mouvement de *Boucher, à Saint-Quentin*. Époque Louis XV.

562 — Petite montre en argent avec ornements en or de couleur. Époque Louis XV.

563 à 568 — Six boitiers de montres en argent à sujets et rocailles. Époque Louis XV.

569 — Collection d'aiguilles de montre.

570 — Petite montre en cuivre guilloché et gravé. Époque Louis XVI.

571 à 576 — Six boîtiers de montres en argent, en cuivre et en galuchat. XVIIIe siècle.

577-578 — Deux châtelaines en argent ciselé à sujets et rocailles. Époque Louis XV.

579 — Châtelaine en filigrane d'argent au double aigle d'Autriche. Époque Louis XVI.

580 — Crochet avec chaîne en argent.

581 à 589 — Neuf châtelaines en cuivre ciselé ou repercé. Époques Louis XV et Louis XVI.

590 — Châtelaine, chaîne de gousset, crochet de montre, en acier repercé. Époque Louis XVI.

591 — Chaîne de gousset avec cachet en argent.

592 — Crochet en argent et stras, Louis XVI.

593 à 601 — Collection de mouvements et de coques de montres anciens.

MINIATURES

602 — Grande et belle miniature ovale sur ivoire : portrait de la *Princesse Caroline Bonaparte*, par AUBRY,

signée et datée 1806. Œuvre des plus remarquables parmi celles connues du maître.

603 — Très belle miniature ovale sur ivoire : portrait de *Mme de Montespan*, dans un écrin en écaille monté en argent, avec écusson au chiffre de Mme de Montespan, surmonté de la couronne. Ensemble intéressant et précieux.

604 — Jolie miniature ovale sur ivoire ; portrait de *jeune fille blonde* avec ruban et fleurs dans les cheveux, le corsage coquettement décolleté, attribuée à Fragonard. Provenant de la collection Nariskine.

605 — Joli médaillon représentant la *Danse champêtre*, de Téniers, composition de nombreux personnages attablés, buvant, riant, s'agitant au son de la cornemuse. Cadre en bronze doré, avec nœud de ruban.

606 — Miniature ovale sur ivoire, représentant une grande dame en *Flore*. Cadre en filigrane d'argent et ancien.

607 — Belle miniature ronde sur ivoire : *l'Homme au chien*. École flamande.

608 — Jolie miniature ovale sur ivoire : portrait de la *Duchesse d'Angoulême*, par Amélie Dautel, en 1819. Dans un écrin.

609 — Belle miniature ovale sur ivoire, représentant une *Nymphe nue enlevée par trois faunes*. Cadre en bronze avec feston de ruban.

610 — Belle miniature rectangulaire sur ivoire, représentant : *Diane se reposant des fatigues de la chasse.* Signée des monogrammes J. J. P. Cadre en velours.

611 — Miniature ronde sur ivoire : *Bacchante couchée.* Époque Louis XVI.

612 — Jolie miniature représentant les *Plaisirs champêtres.* Au milieu d'un riant paysage arrosé par une rivière, circulent des chars à bancs, des cavaliers, des paysans et des paysannes. Charmante composition d'une finesse de touche qui nous autorise à l'attribuer à VAN BLARENBERGHE. Cadre en velours.

613 — Jolie miniature rectangulaire, représentant une allégorie de la *Pêche*, de BOUCHER. Au bord d'une rivière, une jeune lavandière cause avec un galant paysan qui pêche à la ligne. Au fond, se déroule un paysage accidenté. Ensemble d'une tonalité des plus harmonieuses. Cadre en or sur fond de velours.

614 — Miniature ronde représentant une jeune femme nue assise sur son lit, la tête à demi couverte par une draperie. Peinture en grisaille de GAÉTANO GONDOLFI. Cadre en bois sculpté et doré, à rocailles et fleurs.

615 — Miniature ronde sur ivoire : *Madeleine en extase.* Cadre en bois sculpté et doré, avec fronton à fleurs.

616 — Miniature rectangulaire représentant les *Joueurs*

de jacquet, peinture en grisaille de KLINGSTEDT. Cadre en bois sculpté à jour et doré.

617 — Miniature rectangulaire sur ivoire : *la Chincha*. Cadre en bois sculpté et doré.

618 — Miniature ronde sur ivoire, représentant le *Sacrifice d'Iphigénie*. Composition de nombreuses figures. Cercle en or, cadre en velours.

619 à 621 — Trois charmants fixés, représentant des scènes d'intérieurs flamands, d'après Téniers, par WIARD. Cadres en cuivre. Seront vendus séparément.

622 — Joli fixé : *le Duo*, d'après Watteau, par WIARD. Cadre en cuivre.

623 — Miniature : portrait de *Ferdinand Kossuth*, par HENRIETTE KARLING.

624 — Médaillon rond en vernis de Martin, représentant *la Petite Marchande de fleurs entourée de ses frères et sœur*, composition inspirée de GREUZE. Monture argent doré. Époque Louis XV.

625 — Belle miniature rectangulaire sur ivoire : portrait de *Mlle Mars* dans un de ses rôles, par SAINT (signée).

626 — Jolie petite miniature : portrait d'un gentilhomme de la cour de Louis XIV, de PETITOT.

627 — Miniature ovale : portrait de jeune femme en robe

de gaze décolletée, chevelure frisée et bouclée, coiffée d'un bonnet de dentelle posé sur le sommet de sa tête, avec une plume sur le côté, attribuée à Périn.

628 — Miniature ronde sur ivoire : portrait d'un *Archiduc d'Autriche* assis avec son lévrier près de lui. Cadre en cuivre à nœud de ruban.

629 — Miniature ovale sur ivoire : portrait du *Duc de Richelieu*, attribué à Lefèvre. Monté en médaillon.

630 — Petite miniature ovale : *Vue de ruines avec figures*, de Guérin.

631 — Miniature ovale : portrait d'Henri IV. Cadre en bois sculpté et doré, fond de velours.

632 — Petite miniature ovale sur ivoire : *Deux Enfants dans un paysage*, de Huet. Cadre en bronze avec nœud de rubans.

633 — Médaillon ovale : *Petits Amours*, peinture en grisaille, de de Mailly. Cadre en or, dessous en argent.

634 — Miniature ronde : portrait de *Louise de Lorraine*, en costume de cour, signée Loubon.

635 — Miniature ronde sur ivoire : portrait de la *Princesse de Lamballe*, par Vernet (signée).

636 — Miniature ovale sur ivoire : *Notre-Dame-des-Sept-Douleurs*.

637 — Petite gouache ovale : paysage avec figures et animaux, arrosé par une rivière, attribué à SAVIGNAC.

638 — Miniature sur vélin : *le Concert*, de RAOUX, composition de cinq figures. Cadre bois noir.

639 — Deux peintures sur bois : paysages de la Hollande, effets d'hiver, signées des monogrammes H. V. B. T. Cadres en écaille.

640 — Miniature rectangulaire représentant *la Jeune Mère et l'Abbé surpris*, par KLINGSTEDT. Cadre en bronze.

641 — Miniature ronde : Jeune femme blonde nouant un ruban dans ses cheveux, attribuée à JEAURAT. Cadre en bronze, style Louis XVI.

642 — Jolie miniature sur cuivre : portrait d'une dame de qualité en robe noire, avec corsage à crevés doublés de rouge, collerette fine, parée de joyaux, tenant ses gants à la main, attribuée à PORBUS. Œuvre intéressante.

643 — Peinture sur ardoise, médaillon rond : portrait d'un jeune seigneur en riche costume du temps d'Henri III. École française. Cadre en or.

644 — Jolie petite miniature sur ivoire : *le Colin-Maillard*, de HUET. Cadre en bronze.

645 — Belle miniature ovale sur ivoire : portrait de prin-

cesse espagnole en élégant costume rehaussé d'or, parée de joyaux, coiffée à la poudre, avec mantille de dentelle blanche et fleurs dans les cheveux, s'enveloppant dans une grande écharpe. Époque Louis XV. Cadre en bronze doré avec fronton et cartouche ciselé de l'époque.

646 — Miniature rectangulaire représentant une allégorie au *Pape attaqué par Luther dans une église et la Vierge devant l'autel, ayant près d'elle l'Enfant Jésus et Saint Jean*. Cadre en bois sculpté et doré ancien.

647 — Grande et belle miniature rectangulaire, représentant *Mlle Clairon et Lekain dans Tancrède*. Cadre en cuivre du temps.

648 — Deux gouaches rectangulaires : *Ruines dans un paysage, avec figures*. Signées : PATEL. Cadres en marqueterie de Boule. XVIIIe siècle.

649 — Grande miniature représentant une scène de l'*Histoire de Dalila*. Époque Régence. Cadre bois noir.

650 — Miniature rectangulaire : portrait de jeune femme, représentée en *Flore* dans un parc. Époque Régence. Cadre en bois sculpté et doré.

651 — Miniature ovale représentant *les Saintes Femmes au pied de la croix*. XVIIIe siècle.

652 — Miniature sur cuivre : portrait de *Demetz Chaeconey*, attribuée à JEAN DE MABUSE. Cadre en bois noir.

653 — Peinture sur cuivre : tête de paysan flamand. École de *Franz Hals*. Cadre bois noir.

654 — Médaillon ovale en vernis de Martin, représentant *Mlle Du Barry en Flore* dans le parc de Versailles. Cadre en cuivre poli avec perlé et nœud de ruban argenté.

655 — Petite peinture ancienne sur bois, représentant *la Femme qui crie*, d'après Franz Hals. Cadre plaqué d'écaille.

656 — Petite peinture sur bois, représentant un intérieur de ferme, avec figures et animaux, de Pagès. Cadre en bois doré.

657 — Miniature ovale représentant *Saint Augustin*, peinture à rehauts d'or du xvie siècle, avec joli cadre en bronze ciselé et doré, à guirlandes de laurier et nœud de ruban festonné. Époque Louis XVI.

658 — Deux médaillons ronds, peinture sur cuivre, représentant *la Diseuse de bonne aventure, Diane et Apollon*. Époque Louis XIV. Cadres en bois noir.

BOITES, BONBONNIÈRES, ÉTUIS

ÉVENTAILS, OBJETS DE VITRINE, COUTEAUX

659 — Grande et belle boite rectangulaire en or ciselé, représentant dessus, au pourtour et dessous, des scènes historiques et des cortèges de guerriers romains. Monture à cage. Époque Louis XVI.

660 — Jolie boîte ovale en or émaillé bleu pâle, avec décor réservé à ors de couleur, offrant dessus un émail : gentilhomme, grande dame et enfant dans un parc. Époque Louis XVI.

661 — Grande bonbonnière en or guilloché, avec bordure ciselée. Époque Louis XVI.

662 — Bonbonnière en or gravé et ciselé avec médaillon à attributs champêtres sur le couvercle. Époque Louis XVI.

663 — Très joli petit flacon en émail de Saxe, décor à sujet, d'après Watteau, et rinceaux relevés d'or. Époque Louis XV. Dans un écrin.

664 — Boite formée de deux plaques en émail de Saxe, représentant des épisodes des guerres du grand Frédéric. Pourtour en nacre avec vestiges de peinture, monture argent. Portrait du grand Frédéric à l'intérieur. Cette boite lui aurait appartenu.

665 — Paire de ciseaux en or avec joli étui émaillé gros bleu, décor : trophée d'attributs de musique. Époque Louis XVI.

666 — Boite en ancien émail de Saxe, décor à fleurs. Époque Louis XV.

667 — Boite en ancien émail de Saxe fond blanc rehaussé d'or. Époque Louis XVI.

668 — Boite en porcelaine d'Allemagne, décor sujets genre Watteau.

669 — Boîte ovale en porcelaine d'Allemagne, sujets genre Lancret et fleurs.

670 — Boîte ovale *navette* en ancien émail de Saxe, décor paysage avec figures.

671-672 — Deux boites en ancienne pâte tendre de Villeroi, forme magots. Montures argent.

673 — Boîte argent, dessus en émail, dessous en écaille. Époque Louis XV.

674 — Tabatière forme coquillage, montée en or gravé.

675 — Étui en ancien émail de Saxe, décor à fleurs, monture argent. Époque Louis XVI.

676 — Joli étui en or ciselé de couleur. Époque Louis XVI.

677 — Tabatière en or guilloché et émaillé. Époque Empire.

678 — Drageoir forme coquille, en écaille posée d'argent, décor d'après *Berain*. Époque Régence.

679 — Petit étui en or. Époque Empire.

680 — Boîte ronde à charnières en écaille, décor en posé d'argent : *le Triomphe de Neptune*. Époque Louis XV.

681 — Boite ronde en argent repoussé, décorée d'arabes-

ques et d'amours, au pourtour et sur le couvercle, d'un couple d'amoureux. Époque Louis XIII.

682 — Petit étui en or guilloché. Louis XVI.

683 — Boîte avec couvercle, à coulisse, en argent repoussé et ciselé, représentant dessus un *Archange*, et tout autour et au-dessous des arabesques avec des amours et des chiens courant. Époque Louis XIII.

684 — Drageoir forme coquille, en vermeil repoussé, décor à sujets champêtres et rocailles. Époque Louis XV.

685 — Boîte cylindrique à deux compartiments, en argent repoussé, représentant au pourtour un *Seigneur questionnant l'Amour*, et aux extrémités un cœur persécuté par une scie et deux colombes se becquetant au dessus d'un cœur enflammé.

686 — Boite ovale en argent gravé. Époque Louis XVI.

687 — Petite bonbonnière en argent filigrané.

688 — Boite en argent ciselé et doré, représentant dessus une scène biblique encadrée de rocailles et autour des guirlandes de raisins, dessus, un semis de feuilles de chêne et de glands.

689 — Porte-cartes en filigrane d'argent. Travail de Gênes.

690 — Boite en argent repoussé, à sujets mythologiques et rocailles. Époque Louis XIV.

691 — Porte-cigares en argent, dessins à rainures.

692 — Boite en argent avec couvercle à double fond, renfermant une miniature. Époque Louis XIV.

693 — Tabatière en argent gravé, représentant une scène de bataille.

694 — Boîte plate en argent gravé, décor à ornements. Époque Louis XIV.

695 — Boîte en écaille, décor posé d'argent, dessin d'après *Berain*. Époque Régence.

696 — Trois petits médaillons en posé d'or de couleur sur fond de nacre. Cadres à tore de laurier. Époque Louis XVI.

697 — Cuillère en argent avec manche formé par une branche de corail.

698 — Très petite coupe en émail peint de Chine, montée en argent.

699 — Petit éventail en corne découpée à jour. Époque Empire.

700 — Petit éventail en corne, décoré d'une guirlande de lilas rehaussée d'or.

701 — Petit éventail en écaille blonde, décorée. Époque Empire.

702 — Eventail Louis XV, monture en ivoire sculpté, feuille à sujet.

702 *bis* — Couteau avec étui en corne.

703 — Éventail Louis XVI, monture ivoire, feuille à sujets, trophées et draperies.

704 — Narghilé, avec monture en bronze ciselé, doré et émaillé.

705 — Carnet avec fermoirs et crayon en argent, aux armes de Belgique.

706 — Petit agenda avec reliure en nacre, monture en argent doré. Époque Empire.

707 — Petit couvert de voyage en écaille verte. Époque Louis XV.

708 — Couvert de voyage en émail de Venise. Époque Louis XIV.

709 — Cinq fourchettes avec manches en vieux Saxe, décor à fleurs.

710 — Petit couteau en nacre à lame d'argent.

711 — Trois flacons à tabac chinois, en jade, en agate et en verre rubis.

712 — Écrin en peau de chagrin, renfermant un vernis Martin, représentant un marchand d'élixir, servant une dame de qualité. Époque Régence.

713 — Médaillon en écaille, incrusté d'or et de burgau, représentant Vénus et Apollon dans un char traîné par les amours. Époque Louis XV.

714 — Deux petites tasses en écaille, en laque burgautée. Travail ancien de Chine.

715 — Loupe avec manche en écaille verte, posée d'argent. Époque Louis XV.

716 — Paire de ciseaux en fer dans leur étui, rehaussé de dorure. XVIIe siècle.

717 — Paire de ciseaux avec étui en argent, décor en gravure d'arabesques, de fleurs et oiseaux. XVIe siècle.

718 — Paire de ciseaux avec étui en fer, partie dorée.

719 — Deux petits étuis en argent repoussé. XVIIIe siècle.

720 — Couteau en nacre, avec lame et monture argent, étui en chagrin. Époque Louis XVI.

721 — Etui en nacre posée d'argent. Louis XVI.

722 — Étui forme poisson, en porcelaine blanche, monture argent.

723 — Trois souvenirs en nacre, posée d'argent. Époque Louis XVI. (Sera divisé.)

724 — Petit nécessaire en écaille, monté en argent. Époque Louis XVI.

725 — Nécessaire en écaille, clouté d'argent. Époque Louis XVI.

726 — Couvert de voyage, en agate, monture dorée, dans son étui en cuir doré au petit fer. Époque Louis XV.

727 — Six couteaux et six fourchettes avec manches en aventurine, montés en argent, dans un écrin en peau de chagrin. Époque Louis XVI.

728 à 747 — Vingt boîtes, en écaille, en nacre, en laque, en cuivre, des époques Louis XIV, Louis XV, Louis XVI. (Sera divisé.)

748 — Petite cassolette en argent. Époque Louis XVI.

749 — Très petit étui en filigrane d'argent.

750 — Bonbonnière en argent repoussé, représentant Loth et ses filles.

751 — Très petite boîte plate en argent.

752 — Étui en écaille, monté en or, du temps de Louis XVI.

753 — Boite à cure-dents en ivoire, piqué d'or. Louis XVI.

754 — Deux couteaux avec manches de vieux Saxe, décor à fleurs.

755 — Couvert de voyage, même genre.

756 à 771 — Suite de nombreux couteaux et fourchettes des XVIe, XVIIe et XVIIIe siècles.

BIJOUX

772 — Joli pendant de cou, reliquaire en or ciselé, représentant au centre un archange, de chaque côté des cariatides de dragons, enrichi de chatons en brillants de table et rubis, avec perles montées en pampilles. XVIe siècle.

773 — Pendant de cou, en or et argent doré, enrichi de brillants de table et de roses. Époque Louis XIII.

774 — Pendentif en émail, enrichi de chatons, émeraudes et améthystes. Époque Louis XIII.

775 — Jolie petite croix en or, avec chatons en brillants de table. Époque Louis XIII.

776 — Très joli camée dur, représentant Apollon descendu de son char pour poursuivre Daphné, réfugiée près de son père.

777 — Beau pendant de cou avec croix en roses et en brillants anciens, monture argent repercé. Époque Louis XIII.

778 — Applique en argent repercé avec émail, au centre : Vierge et enfant. Époque Louis XIV.

779 — Croix romaine en argent doré filigrané, enrichie des deux côtés de chatons en pierreries.

780 — Paire de pendants d'oreilles en roses anciennes, monture argent. Louis XV.

781 — Paire de pendants d'oreilles en roses anciennes, modèle à entourage avec pendeloques mobiles. Époque Louis XVI.

782 — Émail du temps de Louis XIII, représentant *le Lavement des pieds*, cadre en filigrane d'argent avec pierreries.

783 — Émail sur or : Nymphe et Amour.

784 — Émail du temps de Louis XV, représentant Énée sauvant son père, cadre en filigrane d'argent.

785 — Broche avec émail, représentant Vénus lutinée par les Amours, sous les yeux d'un Satyre ; monture en argent et pierreries.

786 — Joli petit cadenas en or émaillé bleu, forme cœur avec clef, enrichi de quatre-vingt-dix-huit petites roses.

787 à 796 — Dix paires de pendants d'oreilles en roses anciennes.

797 — Bague or, avec rosace en perles et écrin en galuchat.

798 — Bague en roses anciennes, monture or, dans un écrin. Époque Louis XIII.

799-800 — Deux bagues en or avec rosaces, en roses anciennes.

801 — Grosse bague en or massif, représentant la tête de Probus, empereur romain, provenant de fouilles des environs de Mâcon.

802 — Bracelet en or, enrichi de sept beaux camées durs, représentant des bustes de personnages de l'antiquité.

803 — Broche en camée dur, représentant deux personnages en bas-relief; monture or.

804 — Broche avec émail, représentant le Christ opérant des miracles; monture or à nœuds de rubans.

805 — Petit émail du temps de Louis XVI, représentant une offrande à l'Amour avec cercle en or émaillé blanc.

806 — Paire de boucles d'oreilles, argent doré, à tête de fou.

807 — Plusieurs jolis émaux : portraits de femmes et sujets pour bijoux ou dessus de boites, des époques Louis XV et Louis XVI.

808 — Paire de boucles en émail, entourage en strass, monture argent. Époque Louis XVI.

809 — Paire de boucles en cailloux du Rhin, monture argent et or. Époque Louis XVI.

810 — Cadre en émail. XVIe siècle.

811 — Ustensiles pour nécessaire de dame, en or émaillé.

812 — Bracelet en filigrane d'argent doré.

813 — Flacon en cristal, monture or.

814 à 841 — Vingt-huit cachets et clefs en or, enrichis de cornaline, de topazes, d'améthystes et autres pierres. Époque Louis XVI et premier Empire.

842 — Jolie aumônière en or émaillé, finement ciselée, avec crochet.

843 — Petite bourse en argent doré, repercé et émaillé.

844 — Reliquaire en filigrane d'argent, enrichi de strass.

845 à 861 — Nombreux bijoux anciens et de styles, enrichis de pierreries : broches, pendentifs, boucles d'oreilles, croix, etc. (Sera divisé.)

862 — Garnitures de boutons de robes en strass.

863 à 865 — Dix ordres francmaçonniques, enrichis de strass ; montures or et argent.

866-867 — Cinq décorations, ordre de la Légion d'honneur, médailles militaires et croix de Malte.

868 — Petit album en argent doré, formant timbre sec.

869 à 881 — Nombreux bijoux de toutes sortes en strass. Époque Louis XVI. (Sera divisé.)

882 à 891 — Nombreuses boucles en argent et en strass. Époque Louis XVI. (Sera divisé.)

892 à 901 — Nombreuses épingles de coiffure, plaques de corsage, boucles, agrafes de manteaux en filigrane d'argent. (Sera divisé.

902 à 951 — Suite de cinquante bagues en or avec pierres et camées. (Sera divisé.)

952 — Belle monture d'escarcelle en argent repoussé, médaillon à figures et rinceaux. Époque Louis XV.

953 — Crochet avec chaîne, formant trousse de ménagère, en argent.

ARMES

954 — Très beau fusil, bois sculpté, canon finement ciselé, platine gravée. Époque Louis XV.

955 — Fusil à deux coups, bois sculpté, de la manufacture royale de Maubeuge.

956 — Couteau de chasse avec jolie poignée en ivoire sculpté, représentant un lion héraldique. Travail ancien.

957 — Main gauche en fer repercé, dessin à mascaron et feuillages. XVIe siècle.

958 — Flissah avec fourreau et poignée garnie en argent. Travail ancien.

959 — Couteau de chasse, poignée ivoire, monture d'argent.

960 — Épée de cour avec garde et pommeau repercé. Épée Louis XV.

961 — Épée d'enfant avec lame et poignée gravées. XVIIe siècle.

962 — Épée à lame triangulaire rehaussée de dorures, avec poignée en acier perlé. (Garde fracturée.) XVIIIe siècle.

963 — Épée de cour avec poignée en argent. Époque Louis XV. (Quillon et pommeau fracturés.)

964 — Grand sabre à lame courbe gravée, avec fourreau et garde en cuivre gravé.

965 — Petit flissah avec poignée et fourreau garnis d'argent. Époque Louis XV.

966 — Petite épée de chevet avec poignée en agate et garniture en argent. XVIIIe siècle.

967 à 969 — Trois épées diverses.

970 — Paire de très beaux pistolets, ornés d'incrustations d'ivoire. XVIe siècle.

971 — Pistolet avec canon signé Léopold Bechet, bois sculpté orné d'applications de vermeil ciselé, écusson, crosse à attributs et médaillon têtes de guerrier, platine en fer ciselé. Époque Louis XIV.

972-973 — Deux pistolets avec platine gravée, garniture cuivre. Époque Louis XIV.

974 — Pistolet, canon signé Doler, platine gravée, garniture en fer. Époque Louis XIII.

975 — Poudrière ancienne avec cordelière et glands.

976 — Pistolet, canon ciselé, platine signée G. Nave, garniture en cuivre. Époque Louis XIV.

977 — Pistolet, platine signée Wilson, garniture argent. Époque Louis XVI.

978-979 — Deux pistolets, platine gravée, garniture cuivre avec écusson à bustes de personnages. Époque Louis XV.

980-981 — Deux pistolets de poche, garnitures gravées.

982 à 986 — Diverses armes sauvages.

FAIENCES ITALIENNES

987 — CASTELLI. Plat rond représentant *Judith et Holopherne*. Bordures à figures d'amours et guirlandes de fleurs. XVIIe siècle. Cadres bois noir, filets or.

988 — URBINO. Plat rond représentant un *Combat de tritons*. XVIe siècle. Cadre bois noir, filets or.

989 — CASTELLI. Petit plat représentant au centre *Léda et Jupiter*, bordure à mascarons et ornements avec monogramme C. D. dans un cartouche. XVIIe siècle.

990 — CASTELLI. Plaque rectangulaire, représentant un Berger et son troupeau. XVIIe siècle. Encadrée.

991 — CASTELLI. Plaque rectangulaire représentant *la Fuite en Égypte*. XVIIe siècle. Cadre ancien, bois sculpté.

992 — URBINO. Coupe sur piédouche, décor raphaélesque. XVIIe siècle.

993 — URBINO. Salière, décor raphaélesque. XVIIe siècle.

994 — ABRUZZES. Grand plat, décor à sujets allégoriques sur l'ombilic et paysages tout autour.

995 — Urbino. Fond de plat représentant une *Famille de Satyres et de Faunes*, signé GF. xvie siècle. Encadré.

996 — Urbino. Groupe Bacchus sur son tonneau. xvie siècle.

997 — Urbino. Bénitier, décor raphaélesque couronné par une tête de chérubin. xvie siècle.

998 — Urbino. Joli cornet, décor armoiries et sujet allégorique : Adam et Ève chassés du Paradis. xvie siècle.

999 — Castelli. Pomme de canne, décor amour et paysage. xviiie siècle.

FAIENCES DE DELFT

1000 — Deux jolies petites gourdes, décor polychrome à rehauts d'or, fleurs, oiseaux et lambrequins.

1001 — Trois petits compotiers, décor polychrome à rehauts d'or.

1002 — Deux compotiers fond vert, à quatre médaillons, décor polychrome.

1003 — Deux très petites assiettes, décor bleu sur blanc.

1004 — Plat à barbe, décor à fleurs et rocailles, en polychrome.

1005 — Deux potiches côtelées, décor bleu à médaillons, fleurs et personnages.

1006 — Petite potiche, décor polychrome.

1007 à 1011 — Beurrier, compotier, marronnier, plats, assiettes à décors variés. (Sera divisé.)

1012 — Tasses et soucoupes fond noir, décor polychrome.

1013 — Théière, décor à fleurs en polychrome.

1014 — Deux groupes : Paysans trayant des vaches.

1015 — Groupe de chèvres et oies.

1016 — Cheval couché, décor à rehauts d'or.

1017 — Trois figurines : Paysan, Paysannes.

FAIENCES

DE BERNARD PALISSY

1018 — Petit plat ovale représentant au centre une Sainte Femme portant un crucifix.

1019 — Petite coupe ronde représentant au centre un sujet mythologique.

1020 — Bas-relief: Mendiant et Mendiante. Suite de Bernard Palissy.

1021 — Bénitier forme ogivale avec groupe en bas-relief de la Vierge, l'Enfant et saint Jean. Suite de Bernard Palissy.

FAIENCES DE SAINT-AMAND

1022 — Joli huilier, décor à jours, à branchages enlacés avec médaillons à fleurs surmontés de nœuds de rubans.

1023 — Deux chiens, décor blanc tacheté de violet.

1024 — Cache-pot avec plat, décor médaillon à paysage et feuillage.

1025 — Assiette, décor médaillon à paysage.

1026 — Soupière, décor à rehauts blancs.

1027 — Cave à liqueurs, décor polychrome.

1028 — Soupière, décor dessin vert et rehauts blancs.

1029 — Deux saucières à rehauts blancs, décor à fleurs.

1030 — Deux autres saucières à rehauts blancs, décor à fleurs.

1031 — Aiguière et son plateau, décor fleurs, teinte manganèse.

1032 à 1041 — Nombreuses assiettes de différents décors. (Sera divisé.)

FAIENCES DE ROUEN

1042 — Très belle fontaine avec bassin et couvercle, décor polychrome à guirlandes de fleurs et ornements.

1043 — Très belle fontaine forme à pans, avec console-support à culs-de-lampe, décor polychrome à guirlandes de fleurs, vases et rinceaux avec mascarons en relief sur les côtés et autre formant cartouche pour le robinet.

1044 — Grande fontaine avec couvercle forme côtelée, décor polychrome à guirlandes de fleurs et de fruits, rinceaux et autres ornements.

1045 — Grand plat oblong, décor *à la corne*, bord festonné.

1046 — Huilier, décor polychrome à guirlandes de fleurs.

1047 — Huilier, décor polychrome sur fond bleu.

1048 — Huilier, décor à guirlandes de fleurs en polychrome.

1049 — Petit plat oblong à bords contournés, décor bleu au Chinois.

1050 — Grande soupière de forme lobée, avec couvercle et plateau, décor paysages avec fleurs et oiseaux en polychrome.

1051 — Gourde forme couronne, décor polychrome à guirlandes de fleurs et oiseaux.

1052 — Soupière ovale côtelée avec couvercle, décor polychrome *à la corne.*

1053 — Petit buste de femme, décor polychrome.

1054 — Petit livre, décor à sujets allégoriques et paysage dit *Rébus* avec explication : *Quand tes oiseaux chanteront, mon amour finira. — Je n'y rentrerai jamais. — Ma vie fait tout.*

1055 — Théière, décor à fleur en polychrome.

1056 — Petit pichet, décor à la corne.

1057 — Pichet avec couvercle, décor polychrome.

1058 — Soupière ovale avec couvercle, décor *à la corne.*

1059 — Bassin ovale, décor polychrome au Chinois.

1060 — Jardinière, décor polychrome à guirlandes de fleurs.

1061 — Bidet, décor bleu.

1062 — Pichet à gorge chiffonnée avec médaillon, sujet champêtre à inscription : *Nathalie Trachet, an 1810*, décor polychrome.

1063 à 1071 — Nombreuses pièces de formes, plats et assiettes, décors variés. (Sera divisé.)

FAIENCES DE MARSEILLE

1072 — Intéressante plaque représentant en relief la figure allégorique du *Temps*, et autour les symboles des différentes phases de la lune.

1073 — Bouquetière, décor enfant et fleurs.

1074 — Jardinière à deux compartiments, décor à fleurs.

1075 — Porte-bouquets avec lion en relief.

1076 — Poule-cocotière avec plateau.

1077 — Petit surtout en forme d'arbre, supportant des coquilles.

1078 — Deux figurines de Chinois couchés, décor polychrome.

FAIENCES DE MOUSTIERS

1079 — Soupière oblongue avec couvercle surmonté d'un artichaut, décor à fleurs.

1080 — Bouquetière avec mascaron sur le devant, décor à fleurs.

1081 — Cache-pot, décor bleu.

1082 — Saucière, décor à fleurs et rocailles

1083 — Soupière, décor à fleurs et figures de grotesques en vert.

FAIENCES DE NEVERS

1084 — Grand et beau surtout octogone, décor en bleu avec mascarons en relief.

1085 — Beau vase à pans orné de têtes de lion en relief auxquelles sont attachées des cordes, décor paysage et lambrequins.

1086 — Aiguière, décor bleu à figures dans le goût chinois.

1087 — Aiguière à pans cintrés, décor bleu.

1088 — Deux bouquetières forme commode, décor polychrome.

1089 — Curieux pichet fond bleu, à rosaces fleuries avec médaillon représentant deux figures d'Incroyables.

1090 — Beau pichet fond bleu avec fleurs réservées en blanc et jaune d'ocre.

1091 — Pichet fond bleu, décor à fleurs en blanc, monture étain.

1092 à 1095 — Quatre pichets de différentes grandeurs, fonds bleus avec médaillons marines, sujets de chasse et personnages. (Sera divisé.)

1096 — Deux assiettes, décor bleu, relevé de jaune, représentant : Saint Martin donnant son manteau au mendiant, avec inscription et date, 1734.

1097 — Pichet fond bleu, à fleurs dessinées en blanc.

1098 — Assiette sur trois pieds, décor verdâtre avec insectes en polychrome.

1099 — Fontaine, décor à rocailles et fleurs en bleu.

1100 — Grande potiche à pans, décor au Chinois, en bleu.

1101 — Potiche à riche décor de paysages chinois, en bleu.

1102 — Grande soupière avec couvercle forme rocailles, décor bleu.

1103 à 1106 — Quatre pichets, décor à sujets chinois en bleu.

1107 — Deux grandes bouteilles, décor à sujets chinois en bleu.

FAIENCES DE STRASBOURG

1108 — Deux seaux, décor à fleurs.

1109 à 1113 — Cinq soupières, décor à fleurs. (Sera divisé.)

1114 — Huilier, décor à fleurs.

1115 à 1121 — Nombreuses assiettes, décors variés. (Sera divisé.)

FAIENCES & POTERIES DIVERSES

1122 — Bel encrier en forme de pièce d'eau monumental, décor à jours, à écusson, avec alliance d'armoiries, guirlandes de laurier et rocailles, fond blanc à rehauts d'or, avec médaillons simulant des médailles à l'effigie *de Ferdinand de Bavière* et *de Caroline d'Autriche*. Dans la pâte on lit dessous : *Wi.li. Elmandr. Weinmeister. Chh. Fecit. 1777.*

1123 — Sinceny. Très beau pichet décoré sur la panse d'un trophée d'objets d'agriculture, entouré d'une guirlande de fleurs et de feuillages, sur les côtés de gerbes de fleurs et autour du col d'un feston de ruban et d'une guirlande; couvercle en étain.

1124 — Sceaux. Jolie écritoire, décor à sujets chinois, en polychrome.

1125 — Douai. Joli pichet, décor en relief à fleurs et branchages avec couvercle en argent repoussé à têtes de chérubins et guirlandes de fleurs. Travail ancien.

1126 — Deux chimères en terre émaillée, genre chinois.

1127 — Avignon. Encrier à rocailles en relief.

GRÈS DE FLANDRE

1128 à 1151 — Environ cinquante pièces : chopes, pichets, cruchons, pots à tabac, boites à thé, décors variés des XVIe et XVIIe siècles. (Sera divisé.)

VERRERIE

1152 à 1171 — Flacons, bouteilles, verres de Venise, Bohême, français, gravés, dorés, etc. (Sera divisé.)

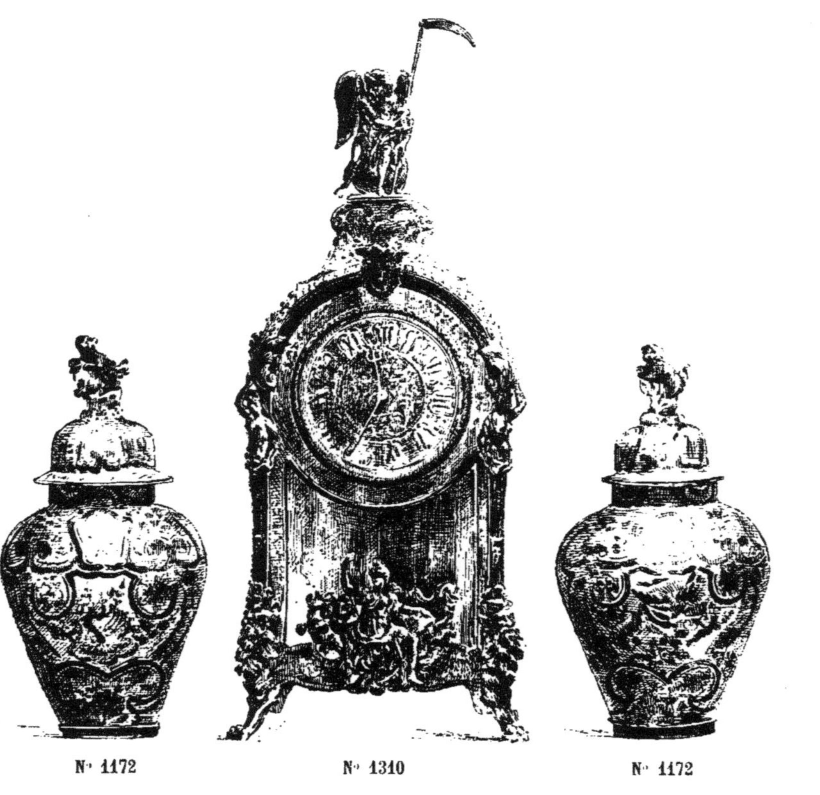

N° 1172 N° 1310 N° 1172

PORCELAINES

1172 — JAPON ANCIEN. Paire de belles potiches avec couvercles, surmontés de chimères, décor polychrome à rehauts d'or à fleurs, oiseaux, chimères et arabesques.
Proviennent de la vente du maréchal Soult.

1173 — CHINE ANCIEN. Deux jolis cornets de la famille rose, décorés de cartels à paysages et de lambrequins.

1174 — CHINE ANCIEN. Deux petits vases, forme balustre renversé, de la famille verte, décor à fleurs et paysages.

1175 — CHINE ANCIEN. Grande soupière ovale avec couvercle et plateau, décor paysage, fleurs et oiseaux.

1176 — TOURNAY ANCIEN, pâte tendre, marque d'or. Très joli sucrier avec couvercle et plateau, de forme contournée, décor à fleurs et rocailles à rehauts d'or.

1177 — TOURNAY ANCIEN. Pâte tendre, marque d'or. Beau plat à bords gaufrés, décor paysages avec cavaliers et animaux; au centre, jetées de fleurs sur les bords en camaïeu violet.

1178 — TOURNAY ANCIEN. Deux compotiers, même décor.

1179 — TOURNAY ANCIEN. Six assiettes, même décor.

1180 — Tournay ancien. Deux jolis huiliers, décor à rehauts d'or, avec burette.

1181 — Tournay ancien. Joli groupe, sujet champêtre, composé de trois figures et un chien.

1182 — Tournay ancien. Christ en blanc.

1183 — Sèvres ancien. Quatre verrières, à bords festonnés fond blanc rehaussé d'or.

1184 — Boisette ancien. Quatre compotiers, décor à fleurs, bordures bleues rehaussées d'or.

1185 — Sèvres ancien. Plateau ovale, décor dit feuille de chou.

1186 — Sèvres ancien. Saucière à deux anses, décor à fleurs, bordure bleue à rehauts d'or.

1187 — Sèvres ancien. Jolie chocolatière, décor bleu de roi, pointillé d'or avec frise à arabesques de rose relevées d'or.

1188 — Valenciennes ancien. Deux petits pots à crème, décor à guirlandes rehaussé d'or.

1189 — Valenciennes ancien. Petite salière double avec groupe de dauphins, décor feuille de chou rehaussé d'or.

1190 — VALENCIENNES ANCIEN. Salière double, forme coquille, à rehauts d'or.

1191 — VALENCIENNES ANCIEN. Petite chocolatière, décor à fleurs.

1192 — CLIGNANCOURT. Petit pot à crème, décor rehaussé d'or.

1193 — CHINE ANCIEN. Belle tasse avec soucoupe et présentoir, décor en grisaille à armoiries.

1194 — TOURNAY ANCIEN. Tasse, décor paysage, cavalier et animaux. (Pâte tendre et marque d'or.)

1195 — SAXE ANCIEN. Deux jolies corbeilles, forme ovale, dessin vannerie, fond blanc, intérieur à fleurs en couleur et or, avec anses ornées de mascarons, têtes de femmes et de bacchants.

1196 — CHINE ANCIEN. Sept assiettes décorées de poissons à rehauts d'or.

1197 — JAPON ANCIEN. Huit assiettes et un plat, décors divers à rehauts d'or.

1198 — CHINE ANCIEN. Six belles assiettes offrant au centre des personnages s'abritant sous un parasol; sur la bordure, des petits médaillons à figures et à oiseaux, fond orange rehaussé d'or.

1199 — CHINE ANCIEN. Cinq jolies assiettes, décor à vases

de fleurs, pinceau et tube, bordure à guirlandes rehaussée d'or.

1200 — CHINE ANCIEN. Cinq assiettes creuses, décor à paysages et fleurs.

1201 — CHINE ANCIEN. Trois assiettes creuses à médaillons paysages, bordures à lambrequins, famille rose.

1202 — CHINE ANCIEN. Assiette creuse décorée d'arbres en fleurs et d'oiseaux, en émaux de la famille rose.

1203 — CHINE ANCIEN. Assiette creuse, décor paysage montagneux, bordure à lambrequins, famille rose.

1204 — CHINE ANCIEN. Douze assiettes, décor à fleurs et branchages, famille rose.

1205 — CHINE ANCIEN. Quinze assiettes plates, décor à bouquets et guirlandes de fleurs, et trois assiettes creuses analogues.

1206 — CHINE ANCIEN. Deux compotiers, même décor.

1207 — CHINE ANCIEN. Trois compotiers, décors variés de la famille verte.

1208 — JAPON ANCIEN. Compotier, décor polychrome.

1209 — CHINE ANCIEN. Douze assiettes, décor au coq.

1210 — CHINE ANCIEN. Compotier, même décor.

1211 — Japon ancien. Neuf assiettes, décors variés en polychrome.

1212 — Chine ancien. Tasses et soucoupes, décors variés.

1213 — Japon ancien. Tasses et soucoupes, décors variés.

1214 — Chine ancien. Deux petites bouteilles, forme persane, décor à fleurs et feuillages en rouge et or.

1215 — Japon ancien. Jolie cassolette, décor à médaillon fond rouge, monture en argent ornée de deux anses.

1216 — Japon ancien. Fontaine, décor polychrome à personnages en relief.

1217 — Chine ancien. Petit vase cylindrique de la famille verte, décor à fleurs avec couvercle en argent.

1218 — Japon ancien. Cafetière, décor à fleurs en polychrome rehaussé d'or.

1219 — Chine ancien. Plat rond, décor à paysage, rehaussé d'or.

1220 — Chine ancien. Très grand plat rond, décor à fleurs et feuillages en rouge de fer et bleu.

1221 — Japon ancien. Trois statuettes de femme en costume polychrome.

1222 — Chine ancien. Paire de beaux vases, décor bleu sur blanc par compartiments quadrillés.

1223 — Japon ancien. Trois petites potiches, décor polychrome.

1224 — Japon ancien. Deux petites potiches, décor polychrome.

1225 — Chine ancien. Grande soupière ronde avec couvercle et plateau, décor à fleurs.

1226 — Chine ancien. Soupière octogone, décor à paysage rehaussé d'or.

1227 — Chine ancien. Beau plat rond, avec oiseau de paradis et fleurs au centre, bordure à lambrequins, fond noir, rehaussée de gerbes de fleurs en émaux de couleur, le tout relevé d'or.

1228 — Chine ancien. Grand plat rond de la famille rose, décoré de fleurs et de plantes aquatiques, de canards et autres volatiles.

1229 — Bruxelles. Service à café, décor en grisaille à sujets champêtres d'après Berghem, bordure à rehauts d'or, composé de : une grande cafetière, un grand bol, une théière, un sucrier et six tasses avec soucoupes et pot à crème.

1230 — Frankenthal. Chocolatière, décor à fleurs en rouge, manche bois noir.

1231 — Amstel. Théière, décor en grisaille, scène de marine.

1232 — Allemagne. Service à café et à thé, décor paysage avec figures, composé de : une cafetière, un sucrier, un pot à crème, une boîte à thé, six tasses à thé et six tasses à café avec soucoupes.

1233 — Amstel. Chocolatière, décor paysage, avec figures.

1234 — Vienne. Tête-à-tête, décor à fleurs, rehaussé d'or et filets bleus, composé de deux tasses avec soucoupes, une théière, une boîte à thé, une cafetière et un panier à sucre.

1235 — Saxe. Belle chope, décor à médaillon, sujet siamois et fleurs rehaussé d'or.

1236 — Vienne. Cafetière, décor à fleur en couleurs et or.

1237 — Lille. Grande soupière oblongue, avec couvercle et plateau, décor rehaussé d'or. Portant le monogramme de Claude Dorez.

1238 — Valenciennes. Plateau rond, décor à fleurs.

1239 — Valenciennes. Assiette à bords gaufrés, décor à fruits et fleurs.

1240 — Valenciennes. Saucière, décor à fleurs.

1241 — VALENCIENNES. Huilier, décor à jour rehaussé d'or.

1242 — VALENCIENNES. Théière, décor à fleurs.

1243 — VALENCIENNES. Théière décorée de fleurs, avec chaînette et goulot en argent.

1244 — VALENCIENNES. Pot à crème rehaussé d'or.

1245 — VALENCIENNES. Compotier, décor à jetées de fleurs.

1246 — VALENCIENNES. Assiette, décor à initiale L.

1247 — VALENCIENNES. Huilier, décor quadrillé à jour.

1248 — TOURNAY. Cinq tasses avec leurs soucoupes, décorées de médaillons en grisaille et de guirlandes, bordures gaufrées.

1249 — TOURNAY. Six tasses avec soucoupes bords gaufrés, décorées de médaillons à têtes de femmes, représentant des personnages de la famille impériale d'Autriche.

1250 — LA COURTILLE. Deux vases forme Empire, décor médaillons à ornements à rehauts d'or.

1251 — MAYENCE. Figurine de petit garçon.

1252 — SAINT-AMAND. Figurine : le Petit Moissonneur.

1253 — Frankenthal. Figurine : Petit Paysan en blanc.

1254 — Mayence. Figurine : Paysanne portant des artichauts.

1255 — Vienne. Groupe de deux enfants devant un pan de mur.

1256 — Paris. Deux figurines : Paysan et Paysanne.

1257 — Cronenburg. Deux grandes figures allégoriques, représentant un fleuve et le Temps.

1258 — Sèvres ancien. Écuelle avec plateau et un sucrier fond blanc à rehauts d'or.

1259 — A la reine. Deux petits vases, forme élégante, avec anses à têtes de bélier, décor à fleurs rehaussé d'or.

1260 — Tournay ancien. Beurrier, décor à fleurs en bleu, couvercle surmonté d'une petite vache couchée.

1261 — Paris. Groupe de deux figures : la Déclaration.

1262 — Saxe ancien. Deux figurines : Joueurs de cornemuse.

1263 — Saxe ancien. Deux figurines : Petit Paysan et petite Paysanne.

1264 — Saxe ancien. Figurine représentant Junon.

1265 — SÈVRES ANCIEN. Trois tasses, décors variés, avec soucoupes.

1266 — BOISETTE. Écuelle avec couvercle et plateau, décor à guirlandes de fleurs et bordures rehaussées d'or.

1267 — CHINE ANCIEN. Quatre compotiers, décors à paysages chinois, avec figures, bordures à fleurs en rouge et or.

1268 — CHARLES THÉODORE. Soupière ovale avec couvercle et plateau, décor à fleurs.

1269 — CHARLES THÉODORE. Saucière à deux anses, décorée de fruits et de fleurs.

1270 — CHARLES THÉODORE. Salière, même décor.

1271 — SÈVRES ANCIEN. Sucrier avec plateau adhérent, décor à fleurs, bordure bleue à rehauts d'or.

1272 — SÈVRES ANCIEN. Sucrier, décor à fleurs.

1273 — A LA REINE. Sucrier avec couvercle, décor à fleurs.

1274 — LA COURTILLE. Sucrier avec couvercle, décor à fleurs.

1275 — BOISETTE. Deux saucières et deux plateaux, décor à fleurs.

1276 — PARIS. Deux moutardiers, décor à fleurs.

1277 — Boisette. Théière, décor à fleurs.

1278 — Paris. Bassin ovale, décor à fleurs.

1279 — Saxe ancien. Sucrier avec couvercle, décor à fleurs.

BISCUITS ANCIENS

DE DIVERSES FABRIQUES

1280 à 1309 — Environ trente groupes, représentant des sujets champêtres et mythologiques.

BRONZES D'ART DÉCORATIF

ET D'AMEUBLEMENT

1310 — Très belle pendule en marqueterie de cuivre sur fond d'écaille de l'Inde, richement ornée de bronzes dorés avec cariatides de femmes sur les côtés, têtes de fous et volutes à griffes de lion garnissant les pieds; bas-relief, figure de Junon, sur le devant, couronnée par un groupe allégorique du Temps. Époque Louis XIV.

1311 — Joli bougeoir en ancienne laque rouge rehaussée d'or, avec monture en bronze doré, décor à branchages, et son éteignoir. Époque Louis XV.
Ayant appartenu à M. de Voltaire.

1312 — Deux petits porte-montres en bronze ciselé et doré, modèle à colonnes supportant des brûle-parfums enguirlandés de lauriers, avec culs-de-lampe à feuilles d'acanthe. Époque Louis XVI.

1313 — Buste grandeur nature en bronze, représentant Marie-Antoinette.

1314 — Statuette de Renommée en bronze.

1315 — Vase en bronze ancien de Chine.

1316 — Belle pendule en bronze doré et marbre blanc, à figures de nymphes adossées à un monument qui supporte le mouvement, couronné par l'Amour. De chaque côté s'élèvent deux brûle-parfums. Le socle est orné du Coq gaulois. Époque Louis XVI.

1317 — Pendule dite Religieuse, en écaille de l'Inde, garnie de bronze doré. Époque Louis XIV. Cadran signé : DELARUE, à *Paris*.

1318 — Belle pendule en biscuit formée d'un groupe de trois figures, avec ornements et bas-relief en bronze doré. Époque Louis XVI. Cadran signé : DELAFOSSE, à *Paris*.

1319 — Pendule en biscuit formée par un groupe allégorique de « la Cruche cassée », avec socle orné de plaques de Weedgwood. Époque Louis XVI. Cadran signé : GRÉGOIRE, à *Paris*.

1320 — Horloge avec mouvement à carillon. Époque Louis XIV.

1321 — Pendule en bois noir, supportée par deux sphinx avec appliques en bronze doré. Époque Empire.

1322 — Pendule en bronze doré, représentant l'*Amour campé sur le mouvement*, avec socle orné de bas-reliefs à scènes enfantines. Époque fin Louis XVI. Cadran signé : Roy, à *Paris*.

1323 — Paire de grands chenets en bronze, modèle brûle-parfums sur balustrades. Époque Louis XVI.

1324 — Paire de chenets à rocailles, fleuronnés en bronze doré. Époque Louis XV.

1325 — Paire de grands chenets en bronze, lions couchés sur des socles ornés de boules aux extrémités. Époque Louis XVI.

1326 à 1333 — Huit paires de chenets en bronze de diverses époques.

1334 — Petite pendule à colonnes en marbre noir et marbre blanc, ornée de bronze doré. Époque Louis XVI.

1335 — Petite pendule, modèle au Puits, en bronze doré et marbre. Époque Louis XVI.

1336 — Pendule en bronze doré, groupe de rois et de

guerriers, allégorie à *la Toison d'Or*, cadran signé : Martinet, à *Paris*. Époque Louis XVI.

1337 — Pendule à colonnades en marbre blanc, ornée de bronze doré. Époque Louis XVI.

1338 — Pendule monument en marbre noir et blanc, ornée de bronze doré. Fin Louis XVI.

1339 — Pendule de l'Empire, représentant un autel avec figures de Vestales et d'Amours, bas-relief autour du socle.

1340 — Pendule en bronze doré avec figure de Berger jouant de la flûte et chien debout, cadran signé : Winter, à *Karlsruhe*.

1341 à 1344 — Quatre horloges Louis XIII.

1345 — Pendule avec socle d'applique en marqueterie richement ornée de bronzes. Époque Louis XIV.

1346 — Pendule en bois sculpté, avec figures d'hommes de chaque côté, couronnées par un buste de Mars. Époque Louis XIV.

1347 — Pendule en marbre blanc et bronze doré, avec groupe allégorique de nymphes et amours. Cadran signé : *Thomisson*, à Paris. Époque Louis XVI, avec socle orné de guirlandes époque Empire.

1348 — Petite pendule forme lyre, en bronze, surmontée d'un soleil. Époque Louis XVI.

1349 — Petite pendule formée par un groupe en biscuit, cadran signé : *Chambelain*, à *Reims*. Époque Louis XVI.

1350 — Pendule à fronton cintré en bois noir, ornée d'incrustations d'écaille et d'ivoire. Époque Louis XIII.

1351 — Petite pendule en bronze, forme monument, avec figurine sur la toiture, socle marbre entouré de chênes. Époque fin Louis XVI.

1352 — Pendule à colonnettes supportant un arceau avec mouvement suspendu au milieu et figurine d'enfant se balançant au-dessus, en marbre blanc et bronze doré. Époque fin Louis XVI.

1353 — Petite pendule en bronze, modèle à la colonne supportant le mouvement, avec statuette et coq de chaque côté. Époque Louis XVI.

1354 — Petite pendule monument en marbre avec trophées de musique et de chasse, gerbes et autres ornements en bronze doré. Époque Louis XVI.

1355 — Petite horloge carrée en bois, avec cadran et moulures en cuivre. Signé : *Picard*, à *Cambrai*. Époque Louis XIV.

1356 — Petite horloge en cuivre, avec fronton à ornements. Époque Louis XIII.

1357 — Paire de bras d'appliques à deux lumières, en bronze doré, à rinceaux feuillagés. Époque Louis XV.

1358 — Deux bras à deux lumières pour candélabres, à têtes d'aigles. Style Louis XV.

1359 — Deux petites appliques à une lumière, en bronze poli. Style Louis XIV.

1360 — Deux petites appliques à une lumière, ton plombé. Style Louis XIV.

1361 — Bas-relief d'appliques : Enfant et chien en bronze poli.

1362 — Deux petites appliques à une lumière. Époque Louis XVI.

1363 — Paire d'appliques à une lumière, en cuivre, ornées d'un mascaron. Époque Louis XIV.

1364 — Paire de petites appliques à une lumière. Époque Louis XV.

1365 — Paire de petites appliques argentées à une lumière. Style Louis XIV.

1366 — Deux paires de bras d'appliques à deux lumières, modèle à feuillages, en bronze. Époque Louis XV.

1367 à 1371 — Plusieurs paires de bras d'appliques en bronze de diverses époques. (Sera divisé.)

LUSTRES

1372-1373 — Deux lustres de Venise.

1374 — Cage de lanterne en bronze.

SERVICE DU ROI LOUIS XV

1375 — Très beau service de table, composé d'une nappe et douze serviettes en fil de lin de Flandre, représentant, comme dessin, Louis XV à cheval, en costume de guerre; au-dessous, sur un ruban on lit : *Louis XV, roi de France et de Navarre, bataille de Fontenoy ;* plus bas est représentée la cathédrale de Tournai ; de chaque côté, des écussons aux armes de la ville et du roi; encadrement à écussons et trophées de drapeaux.

MEUBLES

1376 — Très belle commode en marqueterie de Boule. Époque Louis XIV.

Elle est de forme ventrue, s'ouvre sur la façade à deux grands tiroirs superposés et deux petits symétriques. La décoration, toute en écaille de l'Inde sur fond de cuivre, offre dessus un médaillon, sujet mythologique, représentant un *Satyre devant Jupiter, Hercule et Apollon.* Tout autour se dessinent des rinceaux fleuronnés se terminant par des têtes de folies,

N° 1376

avec des guirlandes sur lesquelles sont perchés des couples d'oiseaux et des écureuils. La façade présente sur chaque tiroir des corbeilles de fleurs posées sur des enroulements à branchages fleuris. Les côtés présentent des dessins inspirés comme toute la décoration des cartons de Bérain.

Cette commode est très richement ornée de bronzes, les montants des angles sont recouverts d'appliques à têtes de lions et ornements feuillagés. Les poignées sont attachées à des rosaces. Les cartouches des serrures offrent des accouplements de sphinx à têtes de folies ralliés par des écussons. Dans le bas sont appliqués : un mascaron avec enroulement feuillagé de chaque côté et, au-dessus, en ressaut, deux cornes d'abondance. Ce meuble provient de la succession de Monseigneur de Fénelon, archevêque de Cambrai.

1377 — Très beau lit en bois sculpté, à colonnes cannelées, surmonté de chapiteaux supportant un dais orné de têtes de guerriers et de femmes, de fruits et de feuillages sculptés à jour.

Le panneau du fond de lit est divisé en trois compartiments, représentant en bas-relief des ensembles d'ornements raphaélesques avec entredeux à cariatides. — Le fronton offre un médaillon, sujet mythologique avec cartouche à têtes d'animaux, enroulements et figures ailées, le tout couronné par une corbeille de fruits.

Le tour du lit est dessiné à bossages en ressauts sur un fond à chaînettes. XVIe siècle.

1378 — Rideaux anciens du lit précédent, en soie rouge

1379 — Très joli petit cabinet, en bois noir, orné sur les battants, à l'intérieur et sur les tiroirs, de peintures, sujets allégoriques au Nouveau Testament.
Œuvres de Lucas de Leyde, signées et datées 1521.
Petit meuble rare et intéressant.

1380 — Table de l'époque Louis XIII, à pieds tors, avec dessus en marqueterie de bois et d'ivoire.

1381 — Beau meuble-cabinet, hispano-arabe, forme d'aspect architectural, à colonnades en ivoire rehaussées de vestiges d'or. Fin du XVe siècle.

1382 — Cabinet en bois noir sculpté, d'aspect architectural, avec panneaux ornés d'encadrements guillochés, garni de tiroirs à l'intérieur et offrant au centre une réserve plaquée d'écaille et incrustée d'ivoire. Époque Louis XIII.

1383 — Grand baromètre-thermomètre en bois sculpté et doré. Époque Louis XIV.

1384 — Grande commode de forme ventrue en bois de violette, garnie de bronzes dorés, dessus en marbre rouge veiné. Époque Louis XV.

1385 — Secrétaire en bois rose et palissandre avec appliques de serrures en bronze doré, dessus en marbre rouge veiné. Époque Louis XVI.

1386 — Curieux petit cabinet en bois noir, orné à l'intérieur, sur les battants et les tiroirs, de peintures, sujets allégoriques à la vie du Christ. Œuvres de *Franck*. XVIIe siècle.

1387 — Meuble, bahut à hauteur d'appui, en bois sculpté, avec façade divisée en trois compartiments offrant en bas-relief des ornements et des têtes de chérubins; les montants sont formés de cariatides surmontées de têtes de lions, tenant des anneaux mobiles dans la gueule.
Travail flamand, XVIIe siècle.

1388 — Commode à quatre tiroirs de forme ventrue, en bois de violette et de palissandre, ornée de bronzes, dessus en marbre rouge veiné, avec jolie clef dont la prise forme écussons et accouplement de cariatides en bronze doré. Époque Louis XV.

1389 — Belle console en bois sculpté et doré, modèle à grands enroulements fleuronnés, dessus en marbre blanc veiné. Époque Louis XIV.

1390 — Table en bois sculpté rechampi de blanc, dessus en marbre rouge veiné. Époque Louis XIV.

1391 — Très belle console en bois sculpté et à jours, dessins à rocailles fleuronnées, enroulements et guirlandes de fleurs, dessus en marbre blanc. Epoque Louis XV. Travail d'une très grande délicatesse.

1392 — Console en bois sculpté, dessin à rocailles rechampi de blanc, dessus en marbre gris veiné. Époque Louis XV.

1393 — Console en bois sculpté, décorée sur le devant et sur les côtés de coquilles en bas-relief et de feuillages enroulés, rechampie de gris, dessus en marbre blanc. Époque Louis XV.

1394 — Deux petites consoles en bois sculpté, enguirlandées de feuilles de laurier, rechampies de gris et de vert, dessus en marbre gris. Époque Louis XV.

1395 — Jolie petite console en bois sculpté, supportée par des enroulements ajourés avec bandeau orné de guirlandes, rechampie de gris rosé, dessus marbre gris. Époque Louis XVI.

1396 — Jolie petite console en bois sculpté, ornée de guirlandes de laurier, bandeau à jours, rechampie de gris, dessus en marbre gris foncé. Époque Louis XVI.

1397 — Petite console en bois sculpté, rechampie mastic, posant sur un seul pied, ornée d'une chute de laurier et surmontée d'une rosace, dessus en marbre gris. Époque Louis XV.

1398 — Grande commode en bois de violette, ornée de poignées et de cartouches de serrures en bronze ciselé, à très joli dessus en marbre blanc. Époque Louis XIV.

1399 — Bahut s'ouvrant à deux portes, à deux tiroirs en bois sculpté, décoré de têtes de guerriers et de lions. Époque Louis XIII.

1400 — Commode à quatre tiroirs, en marqueterie de bois de Gaillac ornée de cuivre. Époque Louis XVI.

1401 — Commode en bois rose et marqueterie ornée de cuivre. Époque Louis XIV.

1402 — Bureau s'ouvrant à dos d'âne, en marqueterie de bois. Époque Louis XV.

1403 — Petite commode en bois sculpté, à deux tiroirs. Époque Louis XV.

1404 — Petit cabinet en bois noir, orné d'applications d'écaille. Époque Louis XIII.

1405 — Grand coffre en fer du xvie siècle, avec serrure compliquée.

1406 — Meuble à deux portes en noyer sculpté, avec colonnades cannelées et têtes de chérubins. xvie siècle.

1407 — Coffre en bois sculpté avec bas-reliefs sur la façade. xvie siècle.

BOIS SCULPTÉS

1408 — Très beau panneau, représentant *le Christ en croix avec les saintes femmes éplorées*, et de nombreux cavaliers et guerriers. xvie siècle.

1409 — Beau panneau ovale, en bas-relief, représentant *la Présentation au Temple*, composition de plusieurs figures. xvie siècle.

1410 — Joli panneau, représentant de nombreux personnages mythologiques et allégoriques dans un paysage. xvie siècle, cadre bois noir.

1411 — Petit panneau offrant un buste de personnage et des ornements. Époque Renaissance.

1412 — Panneau représentant en bas-relief *le Christ Rédempteur*. XVIIᵉ siècle.

1413 — Panneau avec buste de femme représentée de profil en haut-relief. Époque Louis XIV.

1414 — Fronton d'autel d'aspect architectural, orné de têtes de chérubins, surmonté d'une corbeille de fleurs. Époque Louis XIII.

1415 à 1421 — Plusieurs jolis petits panneaux pour meubles, en bois sculpté du XVIᵉ et du XVIIᵉ siècle. (Sera divisé.)

1422 — Fronton d'autel rechampi de blanc, ornementations à jours. Époque Louis XIV.

1423 — Haut-relief représentant *la Circoncision*, composition de quatre figures. XVIᵉ siècle.

1424 — Haut-relief de trois figures, représentant *la Vierge éplorée, Saint Jean et Sainte Anne*. XVIᵉ siècle.

1425 — Deux pieds de consoles en bois sculpté, rocailles et dragons. Époque Louis XV.

1426 — Croix d'autel en bois noir avec Christ en bois doré, piétement orné de glace. Époque Louis XIV.

1427 à 1441 — Nombreux cadres en bois sculpté et doré. (Sera divisé.)

1442 — Panneau offrant en bas-relief un satyre dans un intérieur rustique. xviie siècle.

1443 — Devant de coffre à trois compartiments avec figures de saints sous des arceaux. xvie siècle.

1444 — Deux petites consoles en bois sculpté. Époque Louis XIV.

1445 — Deux hauts-reliefs frontons de meubles, représentant un menuisier à son établi. Époque Louis XIII.

GLACES

1446 — Glace avec cadre à fronton en bois sculpté et doré, surmonté d'un aigle. Époque Louis XVI.

1447 — Trumeau avec encadrement offrant en haut-relief des dragons et des rocailles, fond blanc rehaussé d'or. Époque Louis XV.

TAPISSERIES

1448 — Joli tableau en tapisserie de Bruxelles, représentant *la Madeleine éplorée*. Époque Louis XIV. Cadre ancien en bois sculpté et doré.

1449 — Tableau ovale en ancienne broderie, représen tant *la Vierge et l'Enfant*. Cadre du temps de Louis XIV en bois sculpté et doré.

CUIVRES

1450 à 1456 — Plusieurs fontaines de différentes formes en cuivre rouge et en cuivre jaune, des XVIIe et XVIIIe siècles. (Sera divisé.)

1457 à 1466 — Nombreuses paires de flambeaux en cuivre argenté, poli, ciselé, gravé et en plaqué, du XVIIIe siècle. (Sera divisé.)

1467 à 1476 — Nombreuses garnitures de commodes de diverses époques. (Sera divisé.)

ÉTAINS

1477 à 1501 — Quantité d'objets d'usage et de service en étain. (Sera divisé.)

1502 — Objets non catalogués.

COLLECTIONS

MAILLARD-LASNE & MICHEL MAILLARD

CARTE D'INVITATION

AUX EXPOSITIONS PARTICULIÈRES

des Jeudi 1er et Vendredi 2 Mars 1888

A VALENCIENNES, PASSAGE BOCA, SALLE No 4

DE 1 HEURE A 5 HEURES

Objets d'Art — Tableaux

Me CARPENTIER	M. A. BLOCHE
COMMISSAIRE-PRISEUR	EXPERT
à Valenciennes, passage Boca.	à Paris, rue Chauchat, 23.

Vente, par suite de Décès, à partir du Lundi 5 Mars et les jours suivants.

www.ingramcontent.com/pod-product-compliance
Ingram Content Group UK Ltd.
Pitfield, Milton Keynes, MK11 3LW, UK
UKHW020608180726
13838UKWH00001B/493

9 782329 390062